EM
POUCAS
PALAVRAS

Editora Appris Ltda.
1.ª Edição - Copyright© 2022 do autor
Direitos de Edição Reservados à Editora Appris Ltda.

Nenhuma parte desta obra poderá ser utilizada indevidamente, sem estar de acordo com a Lei n° 9.610/98. Se incorreções forem encontradas, serão de exclusiva responsabilidade de seus organizadores. Foi realizado o Depósito Legal na Fundação Biblioteca Nacional, de acordo com as Leis n°s 10.994, de 14/12/2004, e 12.192, de 14/01/2010.

Catalogação na Fonte
Elaborado por: Josefina A. S. Guedes
Bibliotecária CRB 9/870

B467e
2022
	Benites, Fernando Bruno Antonelli Molina
	    Em poucas palavras / Fernando Bruno Antonelli Molina Benites.
	- 1. ed. - Curitiba : Appris, 2022.
	    106 p. ; 21 cm.
	
	    ISBN 978-65-250-2222-2
	
	    1. Crônicas brasileiras. 2. Vida. I. Título.
	
	                                                                                                                              CDD – 869.3

Editora e Livraria Appris Ltda.
Av. Manoel Ribas, 2265 – Mercês
Curitiba/PR – CEP: 80810-002
Tel. (41) 3156 - 4731
www.editoraappris.com.br

Printed in Brazil
Impresso no Brasil

EM POUCAS PALAVRAS

Fernando Bruno Antonelli Molina Benites

Appris editora

FICHA TÉCNICA

EDITORIAL	Augusto V. de A. Coelho
	Marli Caetano
	Sara C. de Andrade Coelho
COMITÊ EDITORIAL	Andréa Barbosa Gouveia (UFPR)
	Jacques de Lima Ferreira (UP)
	Marilda Aparecida Behrens (PUCPR)
	Ana El Achkar (UNIVERSO/RJ)
	Conrado Moreira Mendes (PUC-MG)
	Eliete Correia dos Santos (UEPB)
	Fabiano Santos (UERJ/IESP)
	Francinete Fernandes de Sousa (UEPB)
	Francisco Carlos Duarte (PUCPR)
	Francisco de Assis (Fiam-Faam, SP, Brasil)
	Juliana Reichert Assunção Tonelli (UEL)
	Maria Aparecida Barbosa (USP)
	Maria Helena Zamora (PUC-Rio)
	Maria Margarida de Andrade (Umack)
	Roque Ismael da Costa Güllich (UFFS)
	Toni Reis (UFPR)
	Valdomiro de Oliveira (UFPR)
	Valério Brusamolin (IFPR)
ASSESSORIA EDITORIAL	João Simino
REVISÃO	Josiana Aparecida de Araújo Akamine
PRODUÇÃO EDITORIAL	Bruna Holmen
DIAGRAMAÇÃO	Yaidiris Torres
CAPA	Sheila Alves
COMUNICAÇÃO	Carlos Eduardo Pereira
	Karla Pipolo Olegário
LIVRARIAS E EVENTOS	Estevão Misael
GERÊNCIA DE FINANÇAS	Selma Maria Fernandes do Valle

Família (aquele âmbito do "núcleo", sabe?)

Pai, mãe e Guilherme, ontem...

Luciana, Rebeca, Paulo e Elisa, hoje...

Quanto a esses, são, há muito, em quem encontro razões para tudo o que faço.

Amigos

Alexandre Sinicio e Maurício Moser, desde há muito....

Os melhores com os quais eu poderia ter sido contemplado.

Esta obra é para vocês!

APRESENTAÇÃO

Este não é um livro terminado: os temas os quais desenvolve não permitem que o sem-número de questionamentos levantados sejam coroados com respostas. O que se lê nas poucas palavras presentes nestas 24 crônicas selecionadas são as impressões de um inquieto autor, tentando dar vazão a pensamentos minimamente organizados no olho de um furacão chamado vida. Tudo, entretanto, efêmero, à flor da pele e, lançando mão da maior das belezas que o ato de viver nos confere, contraditório.

Assim, Fernando B. A. M. Benites nos conduz por uma jornada na qual ele não tem medo de ser antítese de si mesmo, arrazoando sobre felicidade, fé, esperança e relações humanas. Uma vida de reflexão e anotações vem às páginas desta obra para, de alguma forma, comprovar que há um indiscutível norte em se sentir perdido. Para reforçar que, diante dos mistérios que se multiplicam ao nosso redor, não temos nada além das poucas palavras das quais nos fala o título.

Perca-se e encontre-se nos caminhos traçados. Acrescente suas próprias impressões a tudo o que é aqui relatado, jamais com a intenção de ser conclusivo ou totalizador. E, na melhor das conjecturas, se conseguirmos chegar a alguma certeza... poucas serão as palavras para deslindá-la. Boa leitura!

PREFÁCIO

Anos de silêncio quebrados por uma piada que levou cerca de uma semana para chegar ao final. Em vez de cobranças ou questionamentos, apenas risadas. As próximas frases trocadas são tão naturais que parecem ignorar o enorme período em silêncio, mas qualquer pessoa atenta perceberia o que, de fato, revelam: há tempo para tudo. Essa é a história de nosso reencontro.

Falar sobre o ser humano — o que somos, o que pensamos, o que desejamos — é sempre exercício de mera opinião. Não conhecemos absolutamente nada sobre a pessoa que está ao nosso lado, e sequer conhecemos sobre nós mesmos: aquilo que fomos outrora não existe mais. A memória não é senão uma reconstrução de algo que não está ali naquele instante, e a confusão entre memória e realidade é a origem de muitas frustrações. Reinventamo-nos a todo instante em passos tão minúsculos quanto imperceptíveis e, ainda assim, mesmo que nossa jornada e a de outras pessoas sejam realizadas por caminhos tão diversos, somos capazes de encontrar tantas semelhanças e enxergamos nossa própria vida nas experiências alheias. No final, nossas histórias não são senão variações sobre um mesmo tema.

Muitas vezes buscamos respostas para perguntas simples, e nos frustramos quando não as encontramos. Uma das perguntas que me aterrorizou por muito tempo é: "por que motivo gosto daquela pessoa?". Reconhecer virtudes nos outros, mesmo em nossos inimigos e adversários, curiosamente não é tarefa tão complicada. Mas não são exatamente as virtudes que nos fazem gostar dessa ou daquela pessoa. Não gosto de fulano "porque é bonito", ou "porque é inteligente". Essas são respostas fáceis, óbvias, que fazem sentido, e justamente por isso são perigosas. Tenho poucas certezas, mas sobre esse assunto tenho, hoje, mais clareza. Em geral, gosto de quem me faz ser alguém melhor. Gosto de quem é capaz de me elevar, corpo e espírito, a alturas que sequer imaginava existirem. Gosto daquilo que me impele a agir, motivado por um desejo inexorável. Amo aquilo que me inspira.

    O que esta obra traz é isso: inspiração. A coragem de assumir ideias difíceis. O reconhecimento de nossa própria insignificância e, ao mesmo tempo, de nosso papel central em um plano inalcançável. A autenticidade de pensamentos sem censura que navegam entre todas as características humanas, das indesejáveis às invejáveis, mas sempre verdadeiras em sua essência.

    Mas não se trata de inspiração à cópia. Aquele que aspira ser igual ao mestre corre atrás do alvo errado. Trata-se de inspirar-se, por meio da leitura e reflexão, na busca de seu próprio caminho. Os passos que foram dados do início de sua existência até esse momento o trouxeram até aqui, e serão os seus próprios passos que o levarão a seu destino, não os passos de outrem.

    Mas qual o destino? É impossível dizer. O único controle que temos é quais caminhos não percorreremos. Essa escolha se dá pelos nossos valores éticos e morais. A firmeza em manter-se correto é que definirá nosso destino, e quando finalmente lá chegarmos poderemos dizer: na verdade, sempre estive em meu destino, pois o vivi em todos os instantes.

    Ayn Rand, grande filósofa russa, escreveu certa vez: "A felicidade é aquele estado de consciência que procede da realização de nossos valores.".

Posso afirmar sem sombra de dúvidas: Fernando é a pessoa mais feliz que conheço e me inspira a buscar minha própria felicidade. Espero que o inspire a buscar a sua.

Alexandre Sinicio

Sociólogo formado pela FFLCH – USP. Compartilha, com o autor, o amor pela Literatura e gosta de levá-la para suas muitas outras (e diversas) áreas de atuação.

SUMÁRIO

LIDE	14
BARDO	20
ANALOGIA	25
CÁPSULA	28
MÃE	33
AMANHÃ	37
IMENSURÁVEL	41
PALIMPSESTO	44
ESTRADA	47
COLUNA	50
PAI	54
DOMINGO	58
PERSPECTIVA	61
JARDIM	65
INSÔNIA	69
AMIGO	73
CIRCULAR	77
IRMÃO	81
ONTEM	84
ÉGIDE	88
SOMBRAS	92
FILHOS	96
POTENCIAL	100
RÉQUIEM	104

LIDE

  Quem de nós conseguiu, ainda que breve e pouco mais que parcialmente, ser íntimo de um irmão? Perscrutar o âmago daquele para quem dedicamos tanto afeto e antecipar-se à exclamação de dor? Evitá-la? Quem entreviu tal prelúdio de copiosas lágrimas — que pontuam cabalmente ou renovam drasticamente? Quem pôde compreender o verdadeiro significado de um fracasso, não relativo ao que se conseguiu, mas ao que não se tentou? Acostumar-se à decepção como sábia e constante companhia nas reinvenções de si mesmo? A quem foi dado ler a frustração como mola propulsora das significativas reviravoltas que traçam, debilmente, as linhas do que constituirá inevitável legado? Quem viveu por ora, e não por resultado ou prevenção, sempre preocupado e avaliando saldos de contas bancárias, pagando planos de saúde e ensejando segura aposentadoria? Deixar herança? Quem pôde refutar os holofotes cotidianos, não exagerando a dor ou a verdade, ultrapassando o tênue limiar entre essa e a mentira? Quem de nós soube traduzir em palavras as revoluções fisiológicas irrompidas diante das decisões significativas? Compreender o que impele a agir, sentir e, acima de tudo, desfazer e voltar atrás? Quem cedeu o lugar em que estava tão somente por ternura ou por ter-se compadecido? Alegrou-se com o prazer alheio ou com o estar agindo certo, simplesmente por tal singela tipificação da ação? Quem de nós pode se orgulhar de sempre ter dado o máximo ou o melhor? Quem, aliás, conhece tais parâmetros em si mesmo? Quem?

O que é que nos faz semelhantes à(s) divindade(s)? Qual o traço a nos unir ao que habita o alto e aproximar de todos os que estão no mesmo plano? O que é necessário para que as escamas caiam dos olhos, conduzindo-nos à visão e à compreensão do verdadeiro propósito da jornada? O que faríamos com tal vislumbre? Qual a justificativa para envio e permanência, e o que irrompe em mentes e corações, transmudando-se no imperativo para que ainda sigamos em frente? As razões? E qual a nossa reação diante da eventual descoberta de não existirem? O que é que pretendemos de fato com nossos planos, traçados por impulso ou pelo contrário da emoção à flor da pele? O que pontua as entrelinhas do que estamos convencidos serem nossas motivações? Qual a magia do insondável, a irresistível química das conjecturas, o potencial inebriante dos futuros do pretérito, todos eles afiados pares de gumes a cortar em múltiplas faces de nossas existências? Qual a arquitetura do incompreensível? O que há na concepção do que faz parcos os entendimentos, visto que poucas são as matérias disponíveis para as gêneses — nem todas elas miraculosas? O que há nas explosões, fadadas a um dos caminhos opostos rumo a infinitos antagônicos? Qual papel é mais relevante do que o exercido pelo inquiridor? A dose de positivismo imbricada nas possibilidades de resposta? O que faríamos diante de réplicas verdadeiras e reveladoras? O quê?

Quando foi que nos conformamos com as tantas imparciais e, logo, injustas definições? Que não questionamos determinados limites, malgrado não sabermos quem os estabeleceu e o que os levou a tal delineamento de fronteiras? Quando as palavras perderam o significado, levando o mundo a dar passos largos por sendas distintas das que o sentido da realidade o impelia a adentrar? Quando foi que tomamos o subjetivo por prova de qualquer objetividade, elevando o erro ao panteão daqueles que podem formular categorizações? Que nos transformamos no que mais nos causava ojeriza? Quando a simplicidade foi tomada por defeito, o futuro suprimiu o presente, e o que era tão somente periférico passou a ocupar o centro do palco? Sorrateira, ávida e cruelmente? Quando percebermos que estar constante e redondamente enganados é a condição à qual nos elegemos, teremos tempo para a inescusável reformulação do enredo? Reescrever para viver entre novos contornos, potencial tão nosso quanto nossa frequente escusa o faz. Desde quando? Quando foi que optamos pela terceirização de nossos sonhos, de nosso poder, de nossa criatividade? Quando ao virtual foi dada a pecha de novo real? Quando a ideia de prazer alcançou o status de substituta desse, abrindo o nefasto precedente para que qualquer falseamento fosse tido por veraz? Quando foi que fechamos os olhos para o belo e o coração para o pulsante? Quando é que daremos conta de que o corredor de saída está, em verdade, no centro do labirinto — e de que nosso novelo não tem mais de meio metro? Ou que, com fome, já devoramos todos os miolos de pão? Quando foi que a possibilidade de reação se transfigurou na inexorabilidade da entrega dos pontos? Quando?

Como pode o que se supôs eterno revelar-se tão efêmero como a chuva nos tórridos fins de tarde de verão? Como

O amor, que certa vez já arrebatou cada um dos viventes, transmuta-se em ódio — em evento deflagrado pela abundância de sentidos assumida por um único vocábulo, pelas insidiosas paragens na obstinada rota subjetiva da interpretação? De que modo permitimos que régua e compasso caíssem nas mãos da frustração — e como pode aquilo que ela perfidamente engendra ter traços tão mais fortes que os do que almejáramos? Como faz a divindade para, em meio aos evidentes signos de prolongada ausência, dar provas de sua presença? De sua alegada ubiquidade. Explicar o claro paradoxo, fazendo valer a magnanimidade de seu poder no afã de crença e consolo? Como estar desgraçado e aceitar a onipotência, compreender a onisciência e louvar a onipresença, juntando as mãos para agradecer por coisa alguma? Como pode ser vazio o preenchimento do receptáculo das emoções que não adentraram o léxico? De que maneira a sinestesia pode ter mais validade do que o inapreensível? Pode um ser o outro? Como faço para que entendam que dentro de mim abrigo o desdobramento do externo, e que, para o lado de fora, projeto cuidadosamente os rompantes que chegaram ao incontrolável? Como fazer para que a poderosa ação curativa do tempo seja resistente à igualmente pujante atividade da memória, pontuada por trapaças e contaminada por distanciamento? Como pode a risada efusiva ser facilmente acompanhada pelo choro, não havendo inversão de papéis — o outro protagonista frequentemente atua sem coadjuvação? Como podemos ter nos conformado com tudo isso? Tomado por reais todas as entorpecentes mentiras? Como?

    Onde estamos e aonde pretendemos chegar? Onde foi que nos deixaram e a quantas milhas da obtenção de qualquer informação sobre o destino? E acerca da origem e da jornada? Onde ocorreu ao senso revelar-se falho, e as observações irrelevantes para qualquer esboço de conclusão? É possível encontrar, ao longo do caminho, o lugar em que abandonamos as dolorosamente forjadas convicções? Pode-se abandonar o onde estamos se porventura descobrirmos que não chegaremos aonde imaginávamos? Onde foi que negociamos as promessas recebidas, que assinamos, muito possivelmente às cegas, o contrato, e investimos unhas e dentes pelos donde e aonde? Responsáveis por onde estamos. Onde as verdades ainda podem ser assim chamadas, sem desvios no vocabulário hodierno? E que as mentiras ainda soam como a clara e perniciosa imitação do que é veraz — a quimera repousando onde pode ser facilmente denunciada? Onde estamos e onde gostaríamos de estar, lugar de fato e da felicidade que tanto almejamos? A procura se dá — podemos dizer, contudo, ter a mais pálida ideia de onde encontrar? Para onde olharmos e de onde esperar a próxima realização ou ofensa? Saber de onde receberemos o golpe é poder armar a defesa? Onde pretendemos estar quando os dias maus sobrevierem, para onde seguiremos com a fé escorrendo pelos vãos de nossos dedos? De onde poderemos nos lembrar quando não mais tivermos para onde nos mover? Onde irão repousar tais recordações? E apaziguar? Onde?

    Por que a alegria da manhã insiste em dar lugar ao choro que dura uma noite toda? Por que não nos conformamos com a efemeridade dos bons momentos, apreendendo as boas lembranças que esses poderão configurar? Por que aprisionar tantas coisas e pessoas, canhestra tentativa de transmudar em permanência o que foi engendrado para ser mera passagem? Por qual motivo nos outorgamos o poder de julgar os outros, péssimos árbitros que somos para nós mesmos? Por que acreditar nas respostas que forjamos a partir da mais ínfima fração de reflexão? Por que não refutamos o jugo, não nos batemos pela liberdade e não viramos o jogo quando a possibilidade de vitória era ainda verossímil? Por que visualizamos e não empreendemos? Trocamos a dádiva da ação pela maldição da espera? Por qual razão tomar por verdade os insignificantes limites que impuseram à nossa força? E olhar pela janela quando o problema está porta adentro

— enjeitando, mais uma vez, as rédeas que, quis a vida, estivessem em nossas mãos? Por que não refutar o primeiro nome dado às emoções, revisitando sentimentos que mal sabíamos que tivéramos? Por que ter o outro por parâmetro, esquecendo-nos de que o positivo deve ser compartilhado? Acreditarmos estar sob os holofotes quando, em verdade, fomos reprovados até mesmo para a figuração? Por que tamanha dificuldade em dizer o que deve ser dito? Desmedido zelo com sentimentos que podem, longe do calor, estar em vestes de reinvenção? Por que ter por incerta a virtude, alienando-se de que ela se encontra ao final dos passos para longe do vício? Por que negar ou repetir os erros? A vergonha de ter tentado acertar? E a desistência? Por que arrolar entre os fracassos as questões não respondidas, e nao entre os sucessos, as formuladas? Por quê?

BARDO

Meu desejo? Contar uma história. Mas não um caso qualquer, outro exemplar daquilo que pode ser lido e ouvido aos borbotões por aí — entrando por um ouvido e saindo pelo outro, como dizem. Queria poder criar uma daquelas narrativas capazes de granjear a atenção dos ouvintes, fazê-los revisitar e considerar por segunda vez a imensa gama de sentimentos que, em verdade, nem mesmo sabem que vivenciaram. Oferecer, concomitantemente, novas perspectivas para seus problemas, apontando quiçá para a fonte da luz que jorrará sobre a até então invisível solução. Se pudesse, pediria também que minha história levasse as pessoas a reatar laços há muito desfeitos, e ler nas marcas dos rostos de outrem a consolação proporcionada somente por inesperada fraternidade. Que o público fosse às lágrimas e, igualmente, à exultação. Que cada um na audiência pudesse se identificar, positiva ou negativamente, com as personagens, o enredo, e vivesse em primeira pessoa o conflito — usando as palavras que selecionei como se fossem suas próprias, elevando o que se recebe ao posto do que se faz. Vibrando e vivendo. Gostaria muito que todos celebrassem o desfecho, despertador de paixões e portador de moral tácita, mas evidente depois que os meandros da narrativa tivessem desvelado o quanto de todos os indivíduos pontuou as linhas de minha trama. Ninguém conseguiria ficar indiferente ao que leu ou ouviu! Eu queria que minha história mudasse vidas; fosse lembrada e, inúmeras vezes, recontada. Assim vislumbro a cadeia de acontecimentos nascida em minha imaginação. Transformadora! Essa é a minha maior vontade.

    Sei que ansiar por algo é ínfima parte do que se demanda para tê-lo. Já quis inúmeras coisas que não vieram a ocorrer e, por isso, tentei escrever. Registrei e cataloguei acontecimentos, imaginando que se tornariam recurso e combustível para minha criação. Rabisquei qualquer coisa sobre um dia em que estive, sobremaneira, refém de minhas emoções —, mas entendi que falar sobre a camada mais superficial da pele não era suficiente para que a narrativa viesse ao encontro de meus anseios. Lembro-me de que, passado o calor do momento, me arrependi muito de meu comportamento nesse episódio que intentei relatar — e tive então vergonha de que o público soubesse que a história era sobre mim, muito medo de ser julgado por isso. O perdão que tanto quis pedir me impeliu a traçar mais algumas linhas, abandonadas, contudo, diante da percepção de que a margem para manobrar conflitos é ainda mais larga do que as que comportam os sentimentos. Olhei então para a minha vida em retrospectiva, querendo encontrar a metonímia que pudesse impulsionar os meus enredos... Achei-me bastante errado; desigual em excesso; demasiadamente ordinário e inferior. Não pude distinguir o vício da virtude e cheguei ao horror de mim mesmo, muito mais do que me apavorei! Paralisado diante do ter que escancarar o meu ser e suas mais íntimas agruras, encolhi-me novamente. Busquei o esconderijo quando meu conto clamava para que me revelasse. Desistente. Ensimesmado. Papel e ar não foram, assim, perturbados por nada que tivesse origem em meu ser.

Todavia, meu desejo não deixou, um dia sequer, de ser ardente. Ninguém mais do que eu poderia tanto querer protagonizar lágrimas e risos, auroras e transformações. Ver a vida começando mais uma vez, renovada — grande (e quiçá único) trunfo do aqui estar! Tentei ouvir os outros; descobri que esses estão sempre certos, e que são invariavelmente seguros e suficientes. Bravos e portando respostas em proporção inversa à das perguntas — sem ensejar, portanto, qualquer mudança. Crendo (em si e nas suas versões da verdade). Esbocei parábola que os elencasse por inspiração para tantos perdidos... até que as sendas da artificialidade se revelaram vereda por demais tortuosa. Extravasar sentimentos só é possível com a verossimilhança. Ou constituem as emoções o objeto de verbos que imitam a realidade, ou sou um homem de mentira. Por que minhas histórias demandam reinvenção, se a tantos só é dado divisar o horizonte do "faria tudo de novo"? Que arrependimento é esse, restrito a "o que não se fez"? Onde pode, nesse âmbito, residir a edificação? Bloco de notas e rol de conquistas em branco. Pranto e regozijo a debaterem em minhas recordações; novos inícios encetando questionar as razões do assim serem. Tudo isso eu queria abarcar com minha história, relato de pessoas lendo e relendo suas vidas, tornando-se, por sua vez, espelho e objeto dela. Obra de cuidadoso autor à prova de parcialidades e negligências.

Tudo isso, no entanto, veio permitir que eu compreendesse a absoluta impossibilidade de ser tal sorte de manancial. Como poderia eu criar qualquer coisa que movesse os outros, enquanto eu mesmo ficava parado, à espera de impulso para deixar o tão longamente ocupado posto? E de onde pode esse vir? Passei a considerar, assim, a cadeia dos acontecimentos que, vez ou outra, adicionaram e multiplicaram o meu ser; a natureza dos fatores da operação. De repente, o completamente inesperado sobrepujou qualquer traço do que se engendrou: ao passo que ficava mais longe de alcançar o que tanto sonhava, sentia-me avançar quando fui receptáculo das sensações que poderiam ter sido minhas; dividendo em vez de parcela; ouvinte em vez de emissor. Concluí que somente pujante cadeia compartilhada de significados poderia fornecer as tintas ao quadro que sempre intentei ter exposto. A história seguindo sem pronomes possesivos; se com, ao menos, não envolvendo pessoas do singular. Desejo ao alcance dos dedos — tão palpáveis quanto a iminente frustração! Mudança de vida e prefixo indicativo de repetição antecedendo sem número de verbos; sorrisos e lágrimas ajuntando-se em quantidade que foge ao controle. A negativa de mudança sendo o mais desesperado clamor para que ela venha — rápida e avassaladora, e definitivamente! Todos precisam conhecer a história; estar em ambas de suas pontas e em seu meio.

Se ainda não pude escrever, aprendi, ao menos, a ler. As linhas não estão aptas a revelar, mas seu preenchimento é fato inconteste. Estar cego ou arrependido é para todos; a mudança é tão imperativa como lancinante; pontual, urgente, universal. Participantes de similar enredo, às margens de análoga diegese, preenchidos por iguais traços, tipificações que tantas vezes nos fazem planas. Redondas personagens em conflitos insolúveis, clímax que perdura excedendo até derrubar todas as estruturas. Queria muito que tudo isso estivesse em minha história, que, em verdade, seria obra de muitas mãos e corações, destinada a ouvidos e mentes igualmente em profusão. E almas. Transformação e mudança, ser um pouco mais dos outros e menos de nós mesmos. Narrar, envolver e sorver as profundas emoções despertadas.

Eis a narrativa, protagonizada por muitos, à mercê de outros tantos antagonistas.

 Viver é seguir em frente; saber é ouvir; analisar é projetar o absorvido na caminhada, e mudar é trilhar estrada outra. Almejo abarcar tudo isso, em detalhes, em minha história — conto em que tanto me esmerei, mas que não será meu. Jamais. Dele, quero a mudança. A nossa — obra maior da narrativa criada. Isso é possível e, de verdade, é a minha maior vontade.

ANALOGIA

Uma fera. A devorar os intestinos e pulmões, desarranjar e destruir rins e fígado, roer as costelas e arrancar o coração. Besta que habita dentro de mim. Animal indomável, desperto e faminto, dilacerando o que há e conclamando o que não existe a ter gênese. Uma fera. Predador da família dos oximoros que só pode ser controlado quando solto. Eu, jaula viva, seu criador. Prometeu desavisado, dei-lhe o fogo; hoje, dilacerado e impotente, sinto a dor insuportável da cicatrização de minhas entranhas — e sou devorado mais uma vez. A besta consome, mas compele. A pobreza da aliteração é análoga ao estado da força. Animal indomável, serei eu um dia o filho de titã liberto? Ou pertenço à inextinguível espécie de Sísifo e suas rochas? Uma fera. Predador de mim, cuja soltura depende de que eu quebre os grilhões a me apresar.

Há muito, a moeda foi jogada para o alto. A esperança da vitória imerecida me fez esquecer que o sucesso é o outro lado do fracasso — e o tempo jogou luz apenas no que perdi. Introspectivo e calado, mau perdedor, Fênix frustrada. Relativizar e, sobretudo, negar. A vergonha de mim mesmo transmudada em sensos (e lugares) comuns: "Não foi bem isso", "Todo mundo fez também", "Nunca disse-fiz-provei-pensei isso" ou "Minha intenção era outra". Não poder provar não significa não ter sido cometido. Por mim. Relativizações, eufemismo das mentiras. Acreditei. Quem eu clamava ser em total oposição ao que de fato era. Pantomima tida por real.

Oposição maior que "bem e mal" é "dentro e fora". A meu ver, ao menos, sempre foi. Dentro de mim, as asas; fora, grades, cercas e anteparos. Estigmas e padrões. Negar-se a si mesmo — homicídio doloso e, naturalmente, premeditado. Mídia e religião completando o rol de variáveis da equação. Fazer o que se quer é muito diferente do fazer o que esperam que se faça. Estar contínua e interminavelmente errado, condenado a enterrar os malogrados pensamentos, agora jazendo sob camadas e mais camadas de exemplos vivos e mortos (e até que nunca viveram). Esquecer o lado de dentro de todos. Concordar com o personagem amorfo que o infame teatro me constrangeu a representar. Não olhar para os lados ou para baixo, só para o alto. Não olhar para as outras — e a polícia do desejo continua muito mais eficaz e bem armada que a da crueldade...

Se há imenso diâmetro a separar realidade e sonho, por que esses nos são dados todas as noites? Por qual razão as fantasias da diferença que nos dizem insondável são homônimas das diegeses paralelas, diárias e noturnas?

Se os papéis nos enquadram e definem, quando inventaram o "por quê"? O tempo passa a permitir, gradativamente, que eu perscrute o que ganhei. Pode não ser ideal — pode não ser de acordo com minha vontade —, mas sou eu. Sempre fui. Há sepulcro, mas não há corpo — há espírito a dividir espaço com o animal que, por ora e por muito, ultrapassa-me na teia alimentar. O que eu sempre fui a me preencher e convidar à expulsão da fera — a besta é o preço da chama que pensei (pois quiseram) contida e jamais apaguei.

Dentro e fora combatem. Os incontroláveis animais interiores a garantir o trunfo do mundo exterior — nem Prometeu, nem Sísifo; mancebo diante de uma cabeça de touro. Janelas e cortinas cerradas, nada de atrito e um pouco de água. Os ventos do espírito são mais do que suficientes para que a brasa volte a arder. O imenso animal não quer a minha morte; pelo contrário, impele-me a agarrar-me à vida. Tudo que não fiz me vem à mente, subindo ao coração em marcha avassaladora de ataque; o que fiz, na cabeça. Ser o que sou e o que deveria ter sido. Abrem-se as portas da jaula viva.

O temível predador se aquieta com uma nota musical em um instrumento qualquer. Com a entrega da carta que repousava na gaveta. Com a amizade refeita. Com o soco que não fora dado. Com a volta ao lugar que jamais deveria ter sido abandonado. Com os cadernos e livros debaixo do braço. Com a inscrição nas aulas de teatro, um gole ou uma tragada. A fera nasce das negativas do óbvio, e nos faz nascer quando da indiscutível afirmação. Regenerado que estou, despedi-me de tão selvagem animal na esquina de um falso dilema — bifurcação mentirosa que há muito se interpôs em minha jornada. Com a volta de cada um a seu hábitat, a identidade: Prometeu. Emendado e reabilitado. Pode não ser ideal — pode não ser de acordo com minha vontade —, mas sou eu. Sempre fui.

CÁPSULA

Culpa da dessincronia total entre mente, coração e corpo? Se sim, qual o seu fim, circunscrita a balizas temporais, subjetivas ou orgânicas? Saber não ser um homem de papel, mas um ser de carne e osso, compelido pela teimosa natureza à ação, não ao discurso. Mudar — "quem, o que, quando, onde, como e por que", a receita da antiga redação do jornal, que almeja abarcar e traduzir o todo da realidade. Uma miríade de questões apinhocadas em uma cabeça que não corresponde ao tripé que a sustenta. Desistir é obra do pensamento — seguir em frente advém do corpo, máquina infatigável de vida. Subjuntivo e futuro do pretérito arranham a pretensa carapaça da arbitrária felicidade. Viver é presente e imperativo; controlar algo é o ápice das possibilidades; enganar-se com a visão da planície ou do céu azul é constante. No curto ensejo de um parágrafo, ao menos, é o que acha. Toma nota.

    O divertido cachorrinho assume ares de "professor de vida", se é que existe cargo do gênero. Cigarro aceso na mão esquerda, e o animalzinho a levantar a perna a cada dois metros. Marcando território. "Passa por aqui todas as manhãs e fins de tarde, ritual quase religioso... será que ele se esquece? Ou estará na urina sua narrativa mítica, tendo que ser repetida incansavelmente, de tempos em tempos, para imprimir algum sentido a tudo que nos circunda, define e que de nós depende?". Riso discreto com a ideia de que o pequeno grande amigo do homem pode ser uma metáfora desse, reafirmando constantemente aonde pode chegar e preso onde está. Vai escrever sobre isso um dia, pensa. Seguimos em frente ou andamos em círculos? Existe destino na caminhada, ou é ela um eterno recomeço? Propósito ou jornada? Uma das ideias precisa dar prazer. Quantos astrosos trajetos percorreu acreditando em um bem-fadado limite do arco-íris? Quantos ínfimos pormenores lhe foram bengalas quando a mão que passava pela bola de cristal começou a tremer? Tudo intenso, tudo à flor da pele... tudo fatal? Seria o valor atribuído a si mesmo ao menos próximo do valor real? Se sim ou se não, não importa diante do "e quem determina?". Mais tarde, enquanto dirige, lembra-se disso e promete anotar.

    Problemas que não são seus projetam o acaso para o lado de fora da porta. Carteira de trabalho, crachá, uma narrativa de sucesso, quiçá, varrem a realidade atômica para debaixo do tapete. Uma moral que é inapto a seguir dá propósito a adeninas, guaninas, timinas e outras terminologias que o tempo decorrido entre o ensino médio e o presente não lhe permite lembrar. O passar dos anos joga luz apenas sobre o que perdeu. Números e planilhas lhe conferem a importância que a pessoa ao lado é incapaz de enxergar, visão canhestra e senso de justiça bisonho de que é provida. O substantivo abstrato precedendo o nome — adjetivo? —, a rotina empurrando para o domínio das memórias a descoberta (precoce) de que aquele pedaço de carne não era, em verdade, o que imaginara. Futuro do presente — planos que nunca se realizaram. O fracasso das orações subordinadas adverbiais conformativas que jamais escreveu é, em sua mente, tributário das concessivas protagonizadas por outrem. Pelo outro. A culpa não é da dessincronia. Algozes externos, de verdade, deixam a narrativa muito mais palatável. Toma nota disso também.

O meio dia é um divisor das mesmas águas. O positivismo não tem vez em meio ao caos. A régua mede, mas com escala apagada. Não há cosmos, só outra ideia, concebida com dispositivo de descarte frente ao primeiro revés. Sons imperam. A comunicação à distância se erige como a arena dos covardes. Mais papel é descartado, mais rascunhos são abandonados, mais ilusões abrem concordata. Só os medrosos e os canalhas sobrevivem. Atender a ligação é ser cordial com um absoluto desconhecido, alguém com quem o caos delineou contato ínfimo e distante. Um interlocutor merecedor de toda a atenção e educação. No elevador, os estranhos são premiados com sorrisos — a violência começa no limiar da porta, toma corpo quando na sala, assume contornos de incontrolável contra os que o amam. Atrasos. Pendências. A agenda do próximo dia invade o depois de amanhã. Cada aporrinhação é um motivo para ir em frente. Proferir "se não sou eu..." é solapar os pés de barro do gigante. Não vai dar para levar o cachorrinho fazer as suas necessidades: "as minhas sobrepõem as dele". Ri — tanto alto demais, por isso disfarça com um pigarro. Não lhe é dado gargalhar, tampouco falar sozinho, sério e equilibrado que é. Escritor sem livro. Toma nota. Autor de notas infinitas. Escreve isso também.

O rosto e a mente desfiguram-se no bar. A dessincronia amenizada: mente, coração e corpo parecem apontar para a mesma direção. Ri alto e fala (muito) em primeira pessoa. As mentiras de hoje são apenas parcialmente iguais às de ontem — as demais caras deformadas não devem notar. A pilha de infâmias é sortida; os alvos, múltiplos. Os outros vêm à baila para justificar por que não é outro. Prazer? Jamais. Não com os seus outros, com os outros e outros de outros talvez. Terça-feira? Já não sabe bem. Não importa. A língua escrita começa a concordar com a falada — ambas articulando na ausência de sentido. Prestações e livros amalgamados no horizonte; mulher, filhos e cachorro entre onde está e aonde quer chegar. Ia tomar nota — no bolso da camisa, acha o isqueiro e fuma. Imagina-se em uma corrida de obstáculos. Em um avião. Engendra com o pensamento qualquer coisa que se move, enquanto fica parado. No bar, no escritório, na vida. Os dias são as páginas que gostaria de rasgar. Que reescreveria se pudesse. Culpa de quem agora? Mente e coração em sintonia, dialeto comum; corpo dormente. O carro do outro lado da rua. Pede para alguém tomar nota de qualquer coisa que se refira a uma travessia. Pensa no rio e na simbologia. Começa a falar algo sobre isso, mas alguém sugere que vá para casa. Ri escrachado. "Já vou".

    O choro. Lágrimas pelo que é, foi, era, ou nunca será? Por aquilo que poderia ter sido? Tempos e modos verbais se confundem, assim como as anotações. Tal qual o famoso pintor — de perto, nada é passível de distinção, tudo são borrões de cores. Pálidas, nesse caso. Pixels, três tons diferentes e eis tudo. Se encontrasse a lâmpada mágica, pediria viver fingindo não haver entrelinhas. Ajoelharia, "não quero ver a virtude de outrem... deixem-me em paz com meus defeitos". O sonho de ficar sozinho. Sempre. O melhor juiz para si mesmo. Não anota, pois lembra já ter esboçado algo sobre isso — escrever é agir, afinal. É? A vergonha impede que a pergunta seja feita em voz alta — que o diálogo seja travado com interlocutor outro que não si mesmo. Odiar sem antes ter amado não é odiar de verdade — é lançar mão de uma palavra poderosa como tantas outras, com as quais tem em comum tão somente o fato de não se traduzir em realidade. Essa também não cabe nos limites de um termo, verso, estrofe ou capítulo. Isso também lhe causa sofrimento? Coleira na mão, assovio e dinheiro, "o cigarro acabou ontem", o hoje está começando. Sai a marcar território. Retorno eterno ou progressão? Esquecimento ou diegese mítica? Promete se lembrar de tomar nota e fuma.

MÃE

Atesta a razão que a subjetividade não serve de argumento para qualquer coisa objetiva. Contudo, tive-lhe dentro e fora de mim. Lados díspares e opostos comprovando um ao outro.
Sei de todas as noites; sei, igualmente, dos dias. Das aréolas e do coração que sangraram por minha causa — esse talvez ainda sangre. Sei que seus sonhos, antes que fossem trancafiados no sótão das memórias, abarcaram gênero e grau não condizentes com os dos meus. Ou com a realidade. Frustração — obliterando o intáctil que de você emanava, compilação tão somente afetuosa a me encobrir. Invadir. E negar. Perseguindo o trunfo das negativas mais incisivas, tive recompensa maior. Portas bateram, e a animosidade impregnou o que havia sido o lar

que dividíramos: horizontes de irrealizável fusão. Amigos que não estavam à minha altura; professores que nem ao menos mereciam ter cruzado o meu caminho; namoradas que só se interessavam por qualquer item da segunda e chamativa ordem; esposa que coroou as contumazes invectivas a que com afinco me dediquei. Separação imbricada de rompimento — não era capaz de entender algo diferente disso.

Distância e ciência do inconciliável — quietude, mágoas e nós de ardiloso desatamento pontuando as expressões nas fotos do então último Natal. O neto e o dilema, a proteção à família que intentei mais unida e calorosa que a de minha origem, esfarelada aí mesmo sob o seu teto. Profunda melancolia e jogo de culpa. De repente, sinto falta — não sua, mas de uma memória, lembrança povoada por desconhecidos que somos nós mesmos. Recordações que deveriam promover visita a tempo outro, mas aos mesmos seres. Pavimentado o longo caminho sem volta, viramos um dentre tantos na lista de contatos: aquele para quem enviamos o que achamos de mais profundo ou belo. Esporádico. Transpirando obrigação em maio e dezembro, ao passo que a intimidade floresce, circunscrita a outros tantos mais constantes. E leves.

Por sobre os muros da arena, os assuntos têm remetentes discordantes. Dedo em riste, ataque e ressentimento daqui; braços abertos e absolvição do outro lado. "Onde foi que errei", você pergunta, ignorante de que eu posso categorizar tais desvios a partir dos mais variados parâmetros. Quem ouve de você a meu respeito não consegue acreditar em tão maravilhoso filho; intercâmbio de mensagem e emissor faz o receptor tremer diante de alguém ou demasiadamente sofrido ou ingrato. A doçura de seus bons dias envolve os relatos dos quais participo; o amargor de meus dias ruins envenena a biografia na qual boneco e ventríloquo somos eu e você. Ficção. Representação. Não é justo, mãe... nada disso deveria acontecer. Ou ter ocorrido. Não conosco; amávamo-nos tanto!

Por obra sua aprendi a não confiar em mães, incapazes que são de uma única leitura correta; a mim, devo o crer sina de todos os filhos a pecha de ruim — papel assumido antes mesmo do berreiro que assegura o estar vivo. Mãe, você me protegeu de meus próprios sonhos; de boa soma de vícios que me fariam caminhar à virtude ao fim de suas linhas. Certas coisas não são apreensíveis por palestra ou explanação do zelo; outras tantas perdem a essência se fervidas. De meu lado, percebi que só a meia-idade à qual cheguei devolveu-lhe o lugar em meus bons sonhos, pesadelo que sua presença por tanto tempo representou. Só os cabelos grisalhos puderam voltar meus olhos e entendimento para o fato de que seus tão brancos e escassos fios são a guarida de sonhos que há muito não lhe incluem... só giram em torno de seus filhos.

Às vezes, relembro falas e gestos, maldizendo o tempo passado, que não nos permite trafegar na contramão; em outras feitas, conformo-me com o que não pode ser mudado, haja vista fazer parte do que somos, e com o futuro que ainda nos resta. Em nenhuma delas, todavia, invisto mais que as três ou quatro evasivas após o bom dia; além da diminuta fração dos já minguados dias das férias; maior dose de paciência ou empatia do que a merecida por um cliente. Em suma, não posso mudar o que sou ou como ajo; tenho medo, portanto, de ter que lhe retribuir os anos de sua dedicação com cuidados; o amor que eu não soube sentir com a dor. Minha. Física. Ou não. Sei que você nada vai me cobrar, mãe; basta não olhar fixamente em seus olhos. Mas estou ciente do débito e da justiça — em que pese que essa eu não saiba praticar. Errei e devo, de algum modo, expiar a culpa. Sem contar com seus ombros para tal.

Não existem mães despreparadas. A incapacidade de doação total torna a maternidade inconcebível. Filhos, entretanto, jamais são preparados para sê-lo. Machucam no decorrer de toda a sua existência como tais. Eu gostaria que nos reconciliássemos; mas não houve briga. Não externa ao âmbito dos olhares. Desejaria confessar todo o peso que carrego; incompetente (também) com palavras, espero que meus olhos já as tenham prescindido. De toda recordação, arrependimento, impotência e medo, resta uma única frase — não sei explicá-la, mas posso senti-la, muito próximo à garganta, em um lugar onde não há possibilidade de soltura sem explosão retumbante de lágrimas. Quem disse que a objetividade não pode mensurar qualquer coisa subjetiva?

 Amo você.

AMANHÃ

Nome que não abarca a noção de identidade, ideia da qual o heterogêneo é cruelmente abscindido. Conhecimento há muito travado, indisposição para aprofundada sondagem do termo e do que quer que haja no pano de fundo. Negação veemente da falência das suposições; firmeza no empirismo roto e nas conclusões apressadas, tão vazias como a passiva quietude diante de vultosa adversidade. Naturalidade que a nada disso tange; mero conforto para a ausência de considerações que deixariam franzido, sobremaneira, o cenho. Interpretação única e predição: cartas da impossibilidade distribuídas, e a falsa modéstia dos que conhecem mais a narrativa do que as regras do jogo. O tempo, a vastidão de eventos que o pontua, e todo o subsequente não vêm a lume; os esboços de progresso e as impressões de reveses não figuram na impressão do documento — identidade que, plásmica, acaba tida por rígida, engessada e diminuta. Um único parágrafo para a complexidade da existência.

    Escape do domínio dos aforismos, do jugo das orações coordenadas. Recusa aos advérbios de tempo e frequência, às pequenas e infundadas diegeses que pretendem mesmos personagens e enredo semelhante. Denúncia do engano e da mentira, barreiras sendo inscritas no passado que se acredita superado. Ontem, as idealizações e o marco zero; quilômetros depois, a sede, a poeira e o horizonte turvo. Visão e julgamento idem. Novos céus no amanhã, e a dúvida a revisitar o destino. Dentre as criações empreendidas, um único ponto de contato: a linearidade que, se não ausente, é indivisível. O imaginado e a indelével fronteira da realidade, contornos que encerram surpresa de alguma espécie — tempestade em copo d'água ou completo despreparo para a destruição que não se anteviu. Novos episódios, possibilidades e injunções para as decisões tripartites. Ou binárias. Matizes outras para o mosaico que é palco.

    A ampulheta e as duas verdades: os grãos de areia assumem a forma do continente; a passagem do tempo, ocasionalmente ou não, faz tudo virar de cabeça para baixo. No início da jornada, a identidade em construção; da arbitrariedade das tintas para a planta dos pés, o signo das transitivas metamorfoses. O ciclo e a terminologia atribuída — participação no uso costumeiro e não na indexação —, abrangência e elucidação perfazendo falho entendimento. Tempo ancorando em outras paragens, saborosa ilusão de ter nas mãos os ditames do amanhã. Inverdades e os novos e obtusos números de páginas. O futuro a talvez confirmar a previsão do passado. Coragem, competência e às medidas essenciais é facultado deixar o papel. De onde se está, os muitos questionamentos e a direção a uma única resposta: a solidão do reconhecimento das próprias incapacidades. Nada disso na temática dos nomes ou dos parcos diálogos; predestinação e deuses a agirem ou serem desafiados. Na efusão de sentidos incompreendidos, a história de uma vida.

Sem um ou outro, a consideração que poderia ser final — o tempo dirá. A opinião que o levou onde está é insuficiente para conduzir qualquer outro ao mesmo lugar; em o fazendo, tal localização tende igualmente à privação de essência. Mundo e pessoas transformados e moldados segundo as intenções de alguém — mundo a ser mudado e talhado, assim como as pessoas, segundo seus próprios intentos. Alguém quis assim. Variáveis arroladas em profusão, véu sobre um volume muito maior do que o denunciado pela primeira impressão. Fenômenos ímpares aos quais as investigações não darão a menor importância, cegas pelo excesso de luz a jorrar sobre um totalizador substantivo impermeável a adjetivações. Do bem que se quer fazer, só o engano parece figurar nas boas novas; sucesso das infecções e caráter pandêmico do erro. Da empáfia. Da parcialidade. Da falta de tempo para a compreensão do tempo enquanto força motriz. Da petulância da qual só os mais selvagens são capazes. No turbilhão do incompreensível, cada um de nós.

Diante de nomenclatura qualquer, estar face a face com total desconhecido. Os contornos há tanto conhecidos, avaliados com a fiança de quem domina os pormenores do conteúdo. Esse, todavia, ignorado. Interstícios e amplidão de nuances, tão distintivas como cruciais, ao largo do que se pode obter em primeira (e definitiva) instância. As muitas camadas sobrepostas e jamais removidas, a construção que se dá na quietude da solidão — índices do imensurável impassíveis de simplificação. As existências gritam e clamam pelo livre--arbítrio da troca de concepções: a cada dia cabe ao menos uma das quatro operações. Da soma à divisão, os traços que substantivos próprios ou comuns não são qualificados para abranger. Falsas impressões a riscar o céu do amanhã. Desde ontem. Hoje, as areias e o gabarito da existência. Tudo o que se tem: inextricável, sobre a miscelânea do que é o pavimento e sob os impiedosos holofotes projetados para o exterior. Que nome dar à absoluta falta de entendimento?

IMENSURÁVEL

Nos recônditos da memória, avizinhando o seio do coração. Eram aqueles tempos de fato melhores do que estes? Impossibilidade cabal de compreender o que estava em jogo, se realidade objetiva ou interpretação de uma alegre subjetividade — hoje transmudada, desparecida ou aniquilada. Em que bases se construíram as doces memórias de minha infância; de que matéria se fizeram os devaneios de pureza de então? Inatingível, inabarcável, imensurável — a vida, sim, proveu recursos a mim. Mas não é para essa aferição que servem. Em verdade, não sei bem usá-los.

Muros baixos e plantas invadindo a rua. Cheiro indescritível, impregnado em mim, caracterizando também as recordações. Inimitável.

Perfume que não fazem mais; ou teriam sido os sentidos deturpados? O olfato que mudou? Corrompido. Conflito que não se resolve — se dentro ou fora de mim, não posso responder. Sou capaz de sentir o aroma do café e do bolo quente, experiência essa igualmente amalgamada às dúvidas. A alta avó de um metro e cinquenta — o ponto do qual eu podia ser observador do mundo realmente modifica. Pergunta: qual o objeto direto desse verbo? A sumida ou demudada abstração ou o palco de sua existência material? Em verdade, não sei bem.

    Cadeiras e risadas no alpendre. Íntimos vizinhos e seus afagos nos pequenos que passavam correndo. O tempo todo. Afeto a preencher cada milímetro da atmosfera, apreensível — em larga escala — por todos os sentidos. Teriam, com efeito, os então velhos e hoje mortos, o carinho que eu imagino que tiveram? Gostavam de nós da maneira que eu entendia que o faziam? Ou será tudo debitável da visão de mundo de outrora, imune a certas contaminações a que outros ares nos sujeitam? Os adultos daquela época, velhos hoje, eram tão sábios e superiores quanto eu podia vê-los? Protetores e indestrutíveis. Únicos. São velhos diferentes dos de então. São mesmo? Em verdade, não sei.

    Dias e fins de tarde longos e prazerosos. Memoráveis. Tempos que não voltam — e não se repetem. Um sendo a distração do outro. Prazer. Trocas constantes. Um infindável presente, pronto a suscitar o passado como agradável e próxima lembrança, e o futuro como o distante palco da realização dos sonhos. No vasto campo da sinestesia, nada é amargo; dos muitos movimentos possíveis dos lábios, só o de sorrir é contemplado. Altas poltronas; livros na estante na qual não se pode subir; conversas entre adultos pertencentes a um mundo no qual não se adentrou. Anseia-se, dados alguns bons exemplos ao redor; erra-se, quimera a ser enfrentada após o passar de poucos indesfazíveis anos. Pergunta: o que foi feito com a mágica? Com o quê de "i" ou "su" real a aspergir tudo por onde eu andava? Todo o meu redor. Em verdade.

Lembrar-se é obrigar-se a lidar com um desonesto ser que recortou, estabeleceu relações a seu bel prazer, aparou e reconstruiu os fatos vividos. Arbitrário sujeito de nosso íntimo, subjetividade que tanto mirou em nosso favor. Que tem agido em direção oposta? Paradoxais impuras e incontaminadas lembranças, âmbitos de visão e de construção díspares: doce passado que consola e que aflige. Refrigério quando da recordação; tormento quando do projeto. Em verdade, não sei bem usá-los. Sei, contudo, que a questão ali permanece. Eram aqueles tempos de fato melhores do que estes? Em verdade, não sei bem. Acredito, dia após dia, que posso buscar pela inspiração, negando as asas ao desespero. Tentativa de resgate de visão? Em verdade, não sei. Mas um grito pode se soltar em meio às múltiplas cores da dúvida e da apreciação. Resposta: tudo é melhor quando se é criança; até mesmo os propositalmente impossíveis falseamentos concorrem para ser abrigo para o inevitável dia em que não o tivermos. Eis tudo. Em verdade.

PALIMPSESTO

A bela garota que em tempo algum teve a chance de saber dos meus sonhos (e meu nome, claro), nos quais casamos, tivemos filhos lindos e saudáveis, e fomos muito felizes; o valentão que, a despeito das muitas chances dadas, nunca ouviu as copiosas ofensas que eu murmurava, cabisbaixo, alguns instantes após vê-lo pelos corredores; o professor de olhar intimidador que em nenhum momento foi confrontado, premiado então com a total ignorância do prejuízo causado por sua prepotência e desmandos — tal qual os governantes do amanhã de outrora; o chefe, que mais de uma vez promoveu o colega ao lado, sempre alienado às ideias que, naturalmente, não podia ler em minha mente. O copo d'água na madrugada que não tive coragem de ir buscar; o soco decaído; o beijo não roubado; o negócio em tempo nenhum fechado; a vida que jamais vivi. Ser quem sou — criatura forjada nas negativas — é olhar em retrospecto e contemplar a linha do tempo de minha própria vida tipificada por imenso e impenetrável vácuo. Injustiça? Sem dúvida, tendo que vasto rol de ações desacompanhadas de advérbio de negação permeia minha existência: esperar, aguardar, expectar, ansiar, aspirar...

Passando ao largo da autocomiseração, não da reflexão. Péssimo para inovar; tão somente razoável para arbitrar. "O que faremos?" — "o que há para ser feito?". Prolongado e infatigável exame das opções existentes, bordas da caixa cada vez mais altas. "Tanto faz". A obstinada e inelutável recusa a mover a manivela, apertar o botão, abrir a porta, dar um tranco, pegar uma carona. A vida que (ultra)passa. O álbum de fotos dos eventos a que não fui, das felicidades que não gozei, dos obstáculos que o crescimento traz à baila para que possa ter lugar que não ultrapassei. Criatura forjada nas negativas, esquecida de que é o mesmo episódio a comportar gênese da esperança e alforria de legião de demônios. Não abrir a tampa e jamais saber o estado do "vivo morto" — pavor da falange e da responsabilidade — "é melhor nem olhar..."

Fazer algo... oportunidade da qual as circunstâncias me deram à exaustão. Ignorância, medo, vaidade, covardia, capricho, espera por melhores conjecturas, aguardo, expectativa, ânsia, aspiração... uns e outros desses me impelindo a ficar exatamente onde estava. Fiz "nada", quando podia fazer não "tudo' —, mas "pouco", ou até o "suficiente". Ter arbitrado e escolhido a vida, o risco, encostar o dedo para ver o que era e lavar as mãos ou fazer um curativo depois. Nada. A vida que não vivi. O saber (presente) que a mente é falha, igualando o "não poder controlar tudo a poder controlar nada", erro não só retórico; substancialmente, metodológico. Optar pela segurança e abandonar a ideia de que o viver está nos interstícios, nas entrelinhas, nos projetos que saem do papel e vêm habitar a realidade assumindo contornos outros que os delineados pela imprecisa imaginação. Saber-se parte, não medida das coisas; deixar-se envolver não vindica deixar-se inebriar — abster-se é que impinge luto. Esperar, aguardar, expectar, ansiar, aspirar são os limites do indivíduo, não do todo a circundar um coração pulsante.

As brechas. Os intervalos. Os espaços. As fendas. Os buracos que cavamos. Os receptáculos da vida de fato, maior que juízos, ideais e racionalizações. Muito mais insondável que o abarcado pelo medo. A palpitar muito mais do que os âmagos forjados pela certeza do que vale a pena. Má notícia tardia: pensar não é fazer — criar hipóteses é exorcizar os demônios que só existem na teoria — os da prática prosseguem roubando, matando e destruindo. Dar conselhos é muito mais fácil do que os pôr em prática; seriam os bons conselhos de vida a melhor contribuição dos que não viveram? Se não posso responder, ao menos consigo propor um método de investigação: diga seu nome; fale de seus sonhos; xingue; brigue; faça o certo, simplesmente por ser o que se deve fazer; divulgue suas ideias; cruze a sala escura; soque; beije; compre e venda; julgue menos e inove mais; guarde a esperança e enfrente os demônios; chute a tampa e agarre o gato, defunto ou não, pelo cangote; olhe além; não tente controlar tudo; lembre-se de que não se cria uma redoma para a infelicidade refutando seu antônimo — evitar aquela é que nos torna desconhecidos desse.

 Enfim, viva.
 E, depois, conte-me como é.

ESTRADA

Por trás das lentes, divisa o que deveria ser o ponto de chegada. Pavimenta, mentalmente, trajeto retilíneo e acurado, relegando curvas e desvios à instância das fatalidades. Obstáculos — relevo alterado pelos sedimentos do tempo gasto com o provar a si mesmo o que quer que seja. Do lado de lá, percebe que não há meios para que o caminho seja mais curto. Que os atalhos que irá propor não passarão de mera idealização, raiz de discórdia, fonte de demorado e insidioso embate. Ver-se no outro (e não gostar do que vê). As pedras estão todas ali, prontas para serem atiradas por todos os que não acabaram com tudo muitas e muitas vezes — por isso, lá permanecem. A alternativa da inércia não é ideal — é covarde.

Errar e enxergar entre a poeira que baixa. O tempo, o tempo... com que velocidade não visita ambos os polos sem sequer se dar conta? Antes mesmo de interpretar o último ocorrido, outra mudança chegou...

A fuga. Mais uma ilusão: não há nada errado lá fora; o problema está aqui dentro. Segue adiante, trilha possível. O caminho não só faz parte do destino, mas compõe a essência do viajante a alcançá-lo. As cicatrizes do percurso são tudo o que se tem. Ir mais rápido é tão somente aumentar os danos, errando as curvas e se precipitando nos buracos. Abismos. Punho cerrado e mente enganosa. A atenção captada pelo malogrado. Por tudo o que quebrou, demandando conserto imediato. Ou descarte. O que é bom, o que funciona, o que dá sentido, é invisível. Não faz sombra à trajetória — somente quando quebra! Erro e falta de razão — a virtude que não quer ver cega para os defeitos que precisa decifrar. Pares opostos e complementares. Mais tarde — depois de outra frustração —, o sol baixa, a visibilidade aumenta, e a uma nova ideia é concedida permissão para vir à baila e se desenvolver.

Não enxergar saída e a armadilha: caminhar pelo desconhecido, tudo e todos completos estranhos. Nada ali; tampouco volta. A ilusão e seu ápice: denúncia. Tirar a máscara, mas não antes de sorver cada gota da promessa que continha. Não poder vencer e a incontrolável vontade de apostar. Prazer. Mais de si mesmo, fator da soma e não da divisão. Alguém nunca pegará a estrada, é inevitável, é indelével. Descabido. É o que é. Luz na escuridão, esperança e fé não figuram no rol de ingredientes ou de recursos. Sucumbe-se, aproveita-se, abandona-se. Dar seta e trocar de pista; estrada e destino, todavia, permanecem os mesmos. Não respondem ao comando da desistência, tampouco ao dos joelhos dobrados. Prova. Transitar por aqui, e eis tudo. Por que e para que não parecem questões a desembocarem em fim ou achar resposta. Não pode parar e embebe-se de aceitação. Passividade acaba sendo ação; mais um paradoxo colhido na beira da estrada.

Entrevê o que crê destino. Mais próximo, doloroso, dispendioso e repetidor do que já se viu. As possibilidades diminuem — mormente a de conhecer a si mesmo. Abre o peito e sente poder suportar mais dor. Sente-se invencível, cômputo e prova viva de que a resistência vale mais do que a força. Nem pensa considerar o escape. Nada de prevenir, esterilizar ou ferver. Só as pegadas ou marcas de pneu que crescem em número. Tal como as considerações. Olha para trás e ri das ilusões que lhe foram combustível; à frente, as frustrações que ganham ou coroa ou transmudação. Ri também — riso nervoso. Não sabe nada, e eis tudo. Apenas segue — descortinando a luz, que tira da escuridão ou promove a cegueira, mera questão de adequação ou excesso. Do ponto a que chegou, não pode voltar; se pudesse, soma zero: pensar em recompensa e infortúnios. Um dia — e outro — e mais um. Segue em frente, e eis tudo.

COLUNA

A espécie e os novos limites à verdade mentirosa de sua constituição e essência. Tortas linhas e letras cursivas que desconhecem a fronteira do inteligível. O melhor de si mesmo e o pior de cada um dos demais, recíproca ao gosto do cliente, sempre coberto de razão, sorvendo as considerações finais do confuso e infundado rascunho com ares de argumentação. Concursos de algo que não se sabe bem o quê. O código é claro em seu fim — "não que se tenha lido" —, sendo vago quanto ao princípio e nulo com relação ao que deflagrou sua compilação. Feito para todos, asserção eufemística do, em verdade, não se aplicar a ninguém. Uns que se movem do idiossincrático, braços abertos na alegre corrida de encontro ao consenso. Coletividade, sociabilidade e socialização. Civilização e rumo. Evolução. Bíceps à mostra e minissaias nada têm a ver com isso; grifes e bebidas caras, tampouco. Rodas de conversa em torno de exaltações próprias e mútuas — elementos flagrantes da antítese do confronto. Repetição e conforto. Eco. Espécie acuada e estacada.

Qualquer parâmetro próximo à firmeza a preencher a lacuna. Acreditar no homem, a menos que se seja o indivíduo em questão; admitir a beleza e a possibilidade do amor, mas em tempo algum ver-se como alguém apto a dá-lo ou recebê-lo; apoiar as instituições, desconfiança somente das quais constitui parte importante; crer na mudança, com a ressalva do que é reservado ao próprio caráter. Realidade e desejo dela engalfinham-se por ocupar o lado direito do cérebro, braço forte e pés que prosseguem na tentativa de permanecerem no chão. Olhos e ângulos somam a partir de dois, associações e possibilidades multiplicam expoentes: o feio, contudo, não se moveu dali; o abjeto, por sua vez, parece assumir contornos ainda mais delineados. Indivíduo curvado e espasmódico. A acossada espécie recua um passo.

Biombos, portas e caras peças de louça a esconder a fétida falta de semelhança entre criatura e criador; decotes, cintas, saltos e mentiras a transportar a incompletude dos seres para o salão. Se a verdade dos dejetos é a primeira vítima do imperativo social da espécie, qual a alternativa a sondar? Que parâmetro estabelecer? Estar "bem" e a impossibilidade de destrinchar em duas linhas o advérbio. Medir se a si mesmo para descobrir que há algo de muito errado, malgrado isso não seja nenhuma descoberta. Definir-se na diferença implica, ao menos, saber o que "não é". Comparação e evidências falseadas. Alguém amontoa escudos dos quais não se lembrará — tenta construí-los às margens do real, para que não caia vítima da própria armadilha —, malograda investida para que a maré ou a porta do quarto não regurgitem aquilo de que se livrou e afirma nunca ter existido. Costas na parede, olhar para os flancos: crescer é reagir com força maior à da pressão contrária. Espécie cativa.

    Altura ou peso podem diferenciar pecados? O código — "não que se tenha lido" — disserta sobre eles. Em profusão. Ficar com o menor ou mais leve deles talvez ajude com o advérbio não minuciado. Excesso de razão ou inchaço descontrolado da virtude? A quebra de uma oração injuntiva gravada em um antigo pergaminho ou a corrupção de uma sentença sacramentada, inscrita na própria alma? A espécie que não só disfarça flatulência ou fedentina das axilas, mas que empreendeu a transgressão. Sem nós, não seria possível ludibriar a nós mesmos. Cooperação. Cumplicidade. As inúmeras lutas perdidas, e o tempo que transmuda a vergonha da derrota no orgulho da perseverança. Não abandonar é a única estrela visível no céu denso e nublado. Na fala dos demais, o declínio — na verdade do acúmulo de dias, a diferença, o descolar-se, dolorosa e gradativamente, do que se foi, sendo ou mais ou menos ou outro. Realidade e desejo dela são animais famintos, em competição que tem por única regra a sobrevivência. Desistência e confissão. Desespero e seu avesso: a reinvenção. Os pares escorregam na imundície do salão; fétidos jorros e metalinguagem. Um buraco no chão. Espécie em fuga?

    A casa de espelhos e a imagem sem distorção ao fim do corredor. A evasão e o encontro com ele mesmo — verdadeira socialização. A espécie não é "meta" ao esconder ou expelir sua fealdade e fortum; ela é "meta" ao conduzir cada um dos exemplares a saberem-se melhores que secreções e mentiras. Ao compelir os indivíduos a se associarem em rodas de conversa sem eco, sem lisonjas, firme fundamento do parâmetro da motivação. Olhos no amanhã. Confronto. Estratégia. Conquista. Bíceps, minissaias, grifes e boas bebidas podem permanecer ali — salão e música (e convidados?), no entanto, são outros. Confronto e definição na diferença, balizas postas em nome do tentar estar bem e saber definir o alvo e a trilha. Coletividade, sociabilidade e socialização. Civilização e rumo. Evolução. "Meta". Um com o outro e todos com a verdade. O código — "não que se tenha lido" — disserta sobre isso também. Espécie em marcha.

PAI

Saiba que foi meu herói.

Muitas foram as expansões de meu universo desde então — política, arte, história e entretenimento me deram inúmeros outros. Vez ou outra, ainda me oferecem alguns, e confesso que, às vezes, lanço mão de um deles, em acanhado e esperançoso silêncio. Entretanto, por um tempo — período abreviado antes do que eu gostaria —, você foi o número um. Daí foi trocado pelo padrinho, que nunca nos visitava com as mãos abanando; pelo pai do vizinho, de sorriso mais fácil e largo; pelo do colega de escola que tinha, aos olhos de tão imberbe juiz, profissão muito mais interessante do que a sua, e, por isso, o ultrapassou também.

As evoluções deram ouvidos às paredes, e entendi

que não era somente pai, mas também marido. Sem conhecer o provérbio, tomei as queixas por verdadeiras e o pleito por justo. Cenário de guerra armado, tomei partido contra você na imaginária luta binária, fechando-me e evitando toda sorte de contato. Algoz fácil e constante, culpado, protagonista de minhas próprias frustrações. Minha vida demandava a sua morte e, assim, o ódio sobrepujou qualquer sinal de amor. Homem. Controlador. Grave. Conservador. Graças a você o mundo se tornou o que é; álcool, drogas e vida sem regras quiseram chamar sua atenção para mim. Sente-se culpado agora? Consegue me amar? Eu te odeio!...

Queria que você tivesse iniciado "a" conversa comigo. Que tivesse acreditado que as pessoas eram capazes de gostar de mim, que nem todos me viam como um trampolim para a fortuna que, até hoje, só ajudei a tornar menor. Gostaria que tivesse me levado a sério, ou ao menos levantado os olhos do jornal enquanto eu falava. Que tivesse orientado sem reprovar, ou, na impossibilidade disso, que pelo menos direcionasse antes da repreensão. Sinto, sinceramente, que minha insegurança provém de você — ainda acho que não gosta de mim; que me vê como um péssimo investimento, devolvendo com escolhas desacertadas, incursões na escuridão do quarto e da alma, e textos como esse, as caríssimas mensalidades da escola particular e a segurança do condomínio fechado. Eu me esforço, mas a cada lembrança, o número de dias em que quis ser como você é menor.

Não me acho injusto, mas honesto. E covarde, haja vista que a sinceridade, muitas vezes, não passa de certeiro, cruel e sonoro tapa na cara dos que só querem nos fazer o bem. Ingratidão e insensibilidade. Claro que a fase do ódio acabou, mas a da responsabilidade não o poupou: dividimos a culpa pelo meu fracasso. Esse mesmo eu, em outras condições, talvez tivesse florescido de outra maneira. Malgrado não queira seguir os seus passos, enxergo a maioria das suas atitudes em mim. A cara fechada. O riso difícil. O ar de reprovação para com as iniciativas dos filhos. A fala em tom muito desproporcional ao restante da conversa; os ares de quem tem sempre muito mais razão que os demais.

O pior de tudo é que não construímos nada juntos. Nada. Cada encontro é uma tortura em busca de um assunto, uma evidência da artificialidade de nossa relação. A falta de intimidade latejando, o clima de haver imenso débito no ar. Tenho raiva ao perceber que nada disso você me falou — você não falava comigo! —; ao ter ciência de que sou a antítese do seu contrário, ou seja: sou você! Nunca quis isso, mas tudo o que consegui foi ser o oposto do que imaginei. Então, de repente, penso que você pode padecer do mesmo mal: de ter se tornado aquilo que mais detestava.

Imagino que talvez queira falar sobre isso —, mas que conversa entre iguais pode ocorrer sob a atmosfera que forjamos? Como podemos olhar nos olhos um do outro e sermos, por escassos minutos, íntimos? Amigos? Será melhor vivermos os 10, 15 ou 20 anos que ainda nos restam fingindo que tudo sempre foi e continua normal? Poderemos desamarrar as nossas caras e agir de modo a não estender esse mal para as próximas gerações? Acredito, sinceramente, que deixaremos tudo como está...

O que menos importa em uma relação bilateral é quem está certo. O amor não liga para miras e alvos e, no caso daqueles que o oferecem gratuitamente, nem mesmo demanda certas palavras. Cresce e se desenvolve no silêncio. Transforma-se em ódio, que nada mais é que o seu inchaço infundado e descontrolado. Na quietude que, quando se rompe, machuca. Creio estar ferindo você agora. Confesso que me assusto com o bem que esse dano está me fazendo. Admito também saber onde reside a vingança: na mensagem — escrita, falada, ou gravada no olhar —, semelhante a essa, que receberei dentro de alguns anos. Vai machucar, mas vou, em silêncio, continuar com meu atabalhoado amor e meu choro escondido. Homem. Controlador. Grave. Conservador.

E você será, de novo, meu herói.

Amo você.

DOMINGO

A (forte) carga simbólica amalgamada às tintas do que de fato é. Tal qual um bolo e os ingredientes que sabemos estarem lá, mas são, no presente estado, indissociáveis. Como fazer o que é voltar a ser o que fora? Como pode o que era não poder voltar a ser?

Domingo. Dia de descanso. Praça, parque e digestão muito mais demorada do que o usual. De que serve o sétimo — ou o primeiro — dia, se não para perscrutar o primeiro ou o segundo? As parcas, mas possíveis alegrias das atuais 24 horas a sucumbir diante da mais breve menção ao que virá em seguida.

As crianças brincam — estranhas umas às outras que eram até de manhã, inseparáveis que se tornaram sob o sol das quatro da tarde.

Possivelmente, depois das seis, nunca mais se verão. No canto da boca, o sorriso diante da constatação: é engraçado como esses pequenos vão à quase loucura quando avistam seus pares. Como são dispostos a gostar e ser cúmplices. Como conseguem criar regras claras, segui-las e até mesmo engolir as eventuais sensações de injustiça — se insistirem em questionar, serão punidos com o isolamento, mais dura pena que um condenado pode sofrer entre balanços e gangorras. A brincadeira segue com os restantes. A marcha humana, de fato, não pode parar. O curto antebraço limpa as lágrimas (e o ranho). Quando volta, é o pegador. "Ninguém mandou sair".

Os adultos do amanhã se movem em harmonia — objetivos mesmos e predisposição ao mais desinteressado afeto garantem a paz na pequena sociedade passageira. Nem as crianças (nem nós) podem definir o amor. Elas, contudo, conseguem vivê-lo. Nós não conseguimos defini-lo com outro alvo que não elas. Talvez venhamos ao mundo portando um fogo que os muitos anos apagam. Chama que nunca chega a duas décadas; que, poucas vezes, persiste por mais de uma.

Nos bancos ao redor, as duplas de pais e mães no máximo sorriem umas para as outras, na ânsia por não ter que sequer estabelecer — quanto mais prolongar — contato mais aprofundado. Interação que demande palavras. Uma síntese das demais amostras de sociedade que frequentam. Subir pela escada para não encontrar o vizinho no elevador, torcer para que o cunhado esteja viajando no próximo Natal. Tristemente curioso como os adultos não se relacionam, e como o mundo enquadra a amizade sob um rótulo que, em verdade, nada tem a ver com a relação como ela de fato é. O fogo apagou.

Entre casamentos infelizes, frustrações, empregos sem propósito ou futuro, mentiras, inveja, calmantes, incompetência e gastrite, os que já cresceram medem o mundo com sua régua e ditam as regras do hoje e do amanhã. Mundo cada vez mais sem cor ou amor. Mundo das paredes de escritório, escrivaninhas, contratos e boletos, sorrisos amarelos e anseios por solidão — medo dessa ao fim da linha, inconveniente paradoxo no qual "é melhor nem pensar".

Vislumbrar o mundo a girar a partir das regras das crianças é, sim, utópico. Mas por que não dar vazão à utopia nos bancos do parque, entre uma olhadela e outra nas redes sociais? Utopia e interação virtual são o melhor que conseguimos — em outras palavras, fracassamos com a realidade.

"Vamos embora?"

"Mm-hmm. Pai, a gente pode voltar semana que vem?"

"Pode sim, filho".

Esse se despede dos novos amigos inseparáveis e fica radiante na certeza de que, domingo que vem, todos os demais membros da comunidade passageira do afeto estarão lá também. Mal sabem eles que perfazem um exercício da aprendizagem paulatina de que fazer promessas que não serão cumpridas é uma constante nas regras do mundo adulto. Mais um sopro na chama. Como fazer o que é voltar a ser o que fora? Como pode o que era não poder voltar a ser?

O fogo apagou.

PERSPECTIVA

Não digita a inicial e procura; prefere correr a longa lista de contatos até alcançar o interlocutor desejado. Desejado. Não tivesse lido sobre amor ou compaixão, jamais teria se apaixonado ou ido às lágrimas por outrem. Houvesse seguido tão somente seus instintos, o mercado de ações e o reajuste das mensalidades importariam agora muito menos do que um abrigo nem tão longe assim do relento. A natureza a projetar-nos em arena menos inóspita e perigosa do que a concebida por nossas próprias ideias. Totalizações a imperar, imaginário e prioridades a saciarem-se com abstrações que são muitas vezes ad infinitum. Sentimentos, moral, dinheiro e a dicotômica eternidade: balizas erigidas no anseio de controle e justificação; limiares aos quais nunca inquirimos acerca das aviltantes contrapartidas que exigiriam. Mais uma inquietação — ou duas — no escopo da realidade binária e tipificada por grandes e constantes dilemas. Ânsia por libertar-se das algemas das quais ele mesmo se livrou da chave. Fechar o acesso que leva à consciência e finalmente apertar o dial. Não pode ser tão difícil assim...

Sabedor do quão limitadas são as associações, outorga-se a licença para arrazoar: teria o mundo real obstáculos de ultrapassagem menos tétrica se não insistíssemos antevê-los? Afinal, a tentativa de compreender, e, pouco adiante, ser ator principal nos desmandos da vida, é pressupor que a tal existência tem "alguma" forma. Ter ciência de o universo ser pontuado por ações que se repetem em ciclos imprime então pesada carga de lógica axiomática ao mundo — assim, antever, estando de alguma maneira preparados para os eventos que cedo ou tarde o horizonte temporal nos fará viver repetidos é, sem dúvida, essencial para a nossa segurança, autoconfiança e, por que não dizer, controle. Controle — a meta-ilusão de que a realidade pode ser alcançada e apresada por nosso parco conhecimento, visão turva, emoções indecifráveis, ilusão desmedida e imperceptível autoengano. Elementos que o levaram onde agora está? Gostaria de perguntar para alguém, mas para quem? Perdeu muito mais do que calculara, sem conceber como recuperar o que acreditara que não lhe faltaria — ou faria falta. Pensava que saberia o que dizer; no entanto, nem ao menos julga o que pensar. "Ligo mais tarde".

Se, por um lado, a predição estreita a gama para classificação e padronização dos acontecimentos, abster-se dela é dar-se menos ao erro e, por conseguinte, operar com reduzida fração de humanidade. Projetar a vida no círculo maior, externo, impondo a ela a pecha de metáfora de nós mesmos ou de entidade independente de nossa vontade, cruel e imbatível em suas faltas e excessos. Relegar as memórias, escolhas feitas e a fazer a instância inferior — não olhe diretamente nos olhos ou virará estátua de pedra! Incontáveis são as coisas para as quais não podemos olhar sem que seja de soslaio; os demônios não esperam, ao passo que nunca cremos estar suficientemente prontos para a batalha. Ter um problema e empreender esforços para resolvê-lo é, com efeito, o mais eficaz dos soros. Investigar as causas com a cautela dos que não creem na absolvição é ter um único gume da faca afiado. A luz da tela se apaga mais uma vez; a ligação só é completa no plano mental. Saber o que dizer é poder identificar o papel desde há muito e para sempre desempenhado: "quem sou eu?". Nesse instante, a mão vai ao bolso e alcança o celular mais uma vez. Tudo isso merece ou um ponto final, ou um capítulo posterior. O trêmulo indicador a, novamente, correr a lista de contatos.

As reduzidas dimensões da quitinete e a proporção direta à pequenez de sua alma. Completa impossibilidade de qualificar o que fez: encarnou o valente destemido a abrir portas que só ele sabia poderem ser abertas, em acesso de coragem marcante e inspirador... ou deu vida ao inseguro borra-botas que, aos tropeços, fechou a porta atrás de si ao rumor da primeira — e possivelmente insignificante — ameaça? Saltar no escuro e ter pavor da escuridão podem ser, quando vistas de perto, a mesma coisa. O espectro de possibilidades muito maior do que os polegares voltados para cima ou para baixo, as respostas que demoram a vir tanto quanto a pressão do indicador no botão verde na tela. Pedir desculpas ou vociferar acusações são duas estrelas da mesma constelação. Pretender entender o outro sem antes ter lido a si mesmo é pretensão arrogante ou possibilidade única? Questão de perspectiva — de visão ou de futuro? Ter o telefone à mão é, em verdade, grande vitória. Um passo de cada vez. Começar dizendo "eu te amo" é ter medo da exigência de considerações sobre o tal amor. Recorrer ao "está tudo definitivamente acabado" não desvela mais que os pequenos quinhões que o apagamento de erros quer engendrar. Os poucos metros quadrados parecem calculados em rápida progressão, o cafofo de repente fica enorme — ou é o peso de sua insignificância que aumenta ainda mais? Novos contatos e a ligação que ocorre facilmente. "Só por essa noite. Amanhã, juro que eu ligo".

JARDIM

Notícias e evidências. Ocorridos e conjecturas. Memórias e propósitos. Pares assíncronos, nem sempre opostos, certezas desvelando horizonte singular: não há esperança. Não se contam razões, esquálidos ou rotos motivos para vislumbrar dias melhores. Falta espaço para que a confiança se abrigue no coração do que vê, percebe, compara, cria hipóteses, puxa pela memória, esboça projetos, enseja... Os questionamentos a sobrepujar os fatos — ou os alvos momentâneos — e sondar a atabalhoada gênese de tudo, buscando extrair do caos as explicações para sofrimento, injustiça, tristeza, e outros males. Perscrutar e compreender a existência do vil e dos pesares. Se accitamos a onipotência, e se essa é boa, o que faz a equação ter seu fim em conjuntos de soma zero? Por que de tantos é subtraído e a tão poucos somado? Por qual razão o bem de imensa multidão é canalizado para o mal que é sustento e benesse de diminuto grupo? Por que a dor e qual o sentido de viver a carregá-la e suportá-la? Qual a razão de coisas ruins transtornarem o caminho de pessoas boas?

Perguntas são elevadas a imensuráveis potências... o âmago marcha no sentido da profunda desilusão. Desespero. Descrença. Conformidade — acentuada obscuridade a nos circundar. O inferno existe e é aqui. As narrativas abarcam o sagrado, os princípios, o eterno. Tempos distantes e imaginários. Barganham o insondável, algo qualquer a evadir as fronteiras de nossa mente, viciada nos e pelos limites a balizar o que se vive e não se pode jamais conhecer. O errado do mundo a dar as cartas nos próprios malogros — as realizações de outrem arroladas no papel em que relatos de sonhos jazem ao lado dos contornos ditados pelo "ainda tem jeito". Morte. Mais tristeza. Prolongada e silenciosa contemplação, profunda reflexão, angustiante meditação. Perguntas outras. Aprendizado? Um vislumbre de ponto final. Se crer é assinalar com lógica, fundamento e desígnio a existência, duvidar é o término da linha. A vida a demandar finalidade; o coração devolvendo uma fração da amargura na qual, embebido, subjaz. Resignação. As mãos outrora postas em oração tateiam os bolsos e pensam ter encontrado a chave: a existência não precisa de nós, partículas em meio à babélica e colossal onda.

Abandonar o propósito é a vingança para com a tremenda covardia do estar vivo; estar pronto para deixar, abreviar, desrespeitar o todo e seu anseio de nos enquadrar em moral preestabelecida e progressão temporal lógica. Comprimidos em vez de oração; álcool e drogas no lugar de rituais; golpe ou tiro fazendo as vezes de bênção final. Um salto na escuridão. A liturgia do suicídio a ditar as regras do próximo capítulo da vida — o epílogo da trapaça perpetrada: não há lógica, sentido, propósito, missão, absolvição ou castigo. A refutação de qualquer axioma que engendre o bem para o qual infindáveis males nos moldaram. Sair da existência do mesmo modo que entramos: arbitrariamente. Dessa feita, contudo, sermos os juízes, deliberando sobre a perdida causa de permanecermos aqui. Escrevamos as considerações finais, desfecho em que a resoluta abstenção a seguir em frente triunfa sobre o aqui permanecer imóveis e amedrontados. Falar e fazer o que bem entender, para, com ou contra quem quer que seja. O caos não pode nos julgar!

    Livre das amarras da bem-aventurança, evadido do jugo do bônus da divindade. Viver com o escape de tirar, a qualquer momento, a própria vida, despropositada e absurda que em verdade é. E nesse ponto, no preciso instante em que arrazoamos estar quites com o mundo... uma fala equivocada nos chama a atenção; um desentendimento de fácil resolução nos convida ao investimento de energias; o conflito se erige e, conhecedores da resolução, dedicamo-nos a apontar as devidas sendas; a infelicidade tão nossa dói mais quando no outro — outorgamos, não sem prazer, o consolo gratuito, a faca de dois afiados gumes que, inexplicavelmente, serve mais à nossa tristeza que à do próximo; nos bolsos e no coração, os recursos para auxiliar em qualquer situação; nos pacientes ouvidos e na boca que, malgrado saiba nada, consegue ser sábia, o alumiar das trevas de alguém; sentido e propósito nunca contemplados pelo indivíduo ganham corpo e força na coletividade; cinza para si, colorido mais além. Nada foi entendido, passou pelos olhos ou atingiu a razão — no entanto, chegou ao coração. De modo certeiro, intenso, acachapante, definitivo. Impactou. Nova caracterização de vida se desvela: não sondar o insondável, não compreender o incompreensível, não buscar o grande quando se é irrisório; agir. Agir em prol de quem sente impacto com a ação. Jamais saber descrever o que é um dia melhor, mas poder sentir que, de alguma forma, os parcos metros quadrados que ocupamos no mundo estão diferentes...

    Os que plantam um jardim não irão salvar toda a natureza do mundo; eles sabem que seu pequeno canteiro de flores não pode abarcar tal encargo. Deveriam saber, pelo menos. Mas todos os que contemplam o pequeno ecossistema precisam concordar que o espaço em que estão seria muito menos bonito se ele ali não estivesse. Almejar a fraude definitiva à vida constitui, de modo tão enigmático quanto o próprio universo, dar lugar ao entendimento de que os pequenos jamais compreenderão as coisas grandes. E, também, de que os menores feitos são os de maior significado. Dentro do caos há uma ou mais forças a nos deslocar para um lugar em que, quanto mais desistimos de nós, mais nos agarramos aos outros. Importar-se é uma opção que cremos destrutiva, mas que se mostra revolucionária em um momento em que a tal força em meio em caos talvez saiba explicar. Sabe, com certeza. Aprendizado? Há um sentido. Nesse canto do mundo, ao menos, há, gritando para que as jornadas não se interrompam. Que se cruzem. Que floresçam. Que deem tons diversos ao cinzento. Que tornem o pequeno quadrilátero no qual nos movemos um lugar melhor — qualidade que não se engendra com o pensar, mas com o sentir. Propósitos a dar refrigério; memórias, força e inspiração; conjecturas, auxílio; ocorridos, exemplos; evidências, motivos para lutar e, notícias, esperança. Pares assíncronos, nem sempre opostos, certezas desvelando horizonte singular: a aparência de desordem esconde que a vida não só cumpre intrincada lógica, como é essencial para as outras vidas. E pensar poder tirá-la não contém a recíproca que o mundo merece, mas o cair das escamas a clamar à plenitude: belo jardim a florescer.

INSÔNIA

Na plataforma de lançamento, os contrastes proliferam. As dúvidas que se portam como o martelo e a talhadeira — a rebelião é a única recompensa possível no horizonte dos que se especializaram em engolir passivamente. Li o texto e concordei com todas as suas linhas; figurado e literal são os polos que me levam a pensar em tudo o que podia estar sob o véu da resposta primeira (e demasiado óbvia). O que será que perdi dessa vez? Incompatibilidade entre o que planejei e o que de fato ocorreu: a vida mais uma vez se impôs. E virá coagir nas demais oportunidades, atestando que, para nós, resta viver. Dilema verdadeiro, seco e inflexível do mortal. Viva. Pense – "acidente"! Seres de carne e osso que, por uma obra do acaso, desenvolveram a razão. Em construção. Fazer precede. Arrependimento por "aquilo que foi feito sem pensar", por "pensar no que se fez", ou pelo "o que não se fez graças ao pensar". Invariável sentença condenatória, ironia para o observador isento. Dez ou 15 segundos do mais puro medo antecedem a próxima conferência no relógio: a única ação empreendida repetida no rol das frustrações e das impossibilidades. Mais uma hora acordado. Estado bruto do medo e o próximo elo da corrente. Ansiedade. Há muito a ser feito amanhã...

Estado puro, e o observador isento a deleitar-se com a pesada carga irônica do manuscrito. Da plateia, é dele o grito a compelir para o aproveitamento da virtude (?) dos sentimentos, para a imperativa transformação. Será a ansiedade o estado "normal" do humano? A incontestável manifestação da harmonia inexistente entre o palpável e o sondável? Erra o que mira no infinito: os matizes das parcas ações molham as pontas dos dedos nas fontes dos incontáveis pensamentos. A água jorra aquém do espasmo do sedento — falta ao jato a medicação indicada, contraindicada em caso dos demais flagelos que recebe e tenta suportar. Ser humano em frações, e o conjunto corpo-alma a nunca ultrapassar a soma de seus elementos. Elos inquebráveis da grande cadeia do pavor, agonia e impotência. Essa, a sobrepujar o medo. Ultrapassar a ansiedade. Sei de onde vem o próximo golpe, e até mesmo o momento em que será desferido; mas nada consigo fazer para me defender. Quanto mais será que vou aguentar? Os quadrantes perfeitamente escandidos e os ponteiros positivistas parecem confirmar as últimas revelações do livro: a essa altura, pequena fração da ação que se queria já é o bastante! Não fazer e pensar na negativa completa — fraqueza, inquietude e esgotamento. Amanhã vai ser difícil...

Soube o medo em circunstâncias diversas; esquadrinhei sua fusão, liquefação, vaporização e condensação.

Solidificação. A falta de considerações finais e os reveses apontando para a visão. Trocam-se as lentes e os ângulos, mas não se enxerga além do que é permitido ver. Estado puro, e o observador isento a dar-se conta de que "o amargo nunca é demais". Existe pureza de visão? E, em caso positivo, é ela desejável? Os polos contrastantes e a cegueira, as balizas e o circuito muitas vezes percorrido: sem escolha, não há virtude; havendo essa, dupla vitória: um passo em sua direção e aumenta-se a distância para o vício. Optei, mas não posso nominar o sentimento a me impelir. De que serve todo o verdadeiro conjunto nobre, se coração e mente defraudam? Falseiam? Bagunçam? Constrangem-nos a abdicar das boas memórias em nome da manutenção de uma presença física dia a dia mais indesejável? Li o texto, lentes postas nas entrelinhas. Nenhum achado fácil ou difícil, cedo ou tarde. Pensei e fiz. O que será que perdi dessa e das vezes a ela ligadas? Horas e anos passam ao largo do controle. Controle passa ao largo de tudo. Luz ou desespero? Momento da madrugada em que a predição antecede a observação. O mesmo tanto de noite e de opções na balança. Amanhã vai ser a mesma coisa...

    No ponto de aterrissagem, sentimento decifrável (pois físico). Dor. Ajuntamento de malogros dentro e fora do alcance das mãos, reverberação de questionamentos perto e longe de um ponto de entendimento. Preciso e impreciso: eis o viver e o papel de reféns a nós arrolado. Projetos e traumas nas folhas quadriculadas do caderno fechado; ir e vir e o traço discrepante que somente o observador isento, conhecedor do destino, pode apontar. Saber da chegada é corromper a estrada — isenção e onisciência, frutos polpudos do cacho da ilusão. Autoengano e consolo. Contrastes proliferam, aproximações retraem a originária grande explosão. Se experimentei algum sentimento em estado puro, culpo a visão e as linhas. Nada sinto que não seja no corpo ou nas entrelinhas da alma. Deitei-me e não dormi, ser de carne e osso desamparando a verdade manifesta pelo acidente do pensar. Quantas noites serão desperdiçadas em nome da aurora de um novo ser? Destino que desconheço. Caminho que corrompo. Contrastes que proliferam. Amanhã já é hoje...

AMIGO

A inexorabilidade da matéria compensada por sempre profundo impacto e absoluta qualidade da convivência. O que tanto almejei que me desse, o mesmo que não posso oferecer a ninguém. Conselhos. Meras frases feitas, irreais e de formulação irrealizável quando perante o menor traço de envolvimento afetivo. Ombros são suficientes (e essenciais) — contentemo-nos com eles e testemunhemos, de maneira fantástica, o instrumental estando ao alcance de nossas mãos: as emoções não vêm à baila com identificação ou rótulo, tampouco o fazem em fila indiana. Os olhos não vislumbram a luz, em que pese que os outros sentidos já antecipem o fim do túnel. A força, contudo, adentra ao real muito mais intensa do que figurou na imaginação. Relatada por você? Sua descrição; meu passo em frente. O estarmos inseridos no tempo e a poderosa ação curativa do acúmulo de dias. Poucas e ponderadas palavras, maior ímpeto possível para a ação; aceno com a cabeça e, com os olhos marejados, a muda confissão da imensa gratidão por sua existência e pela nobre e significativa fração dela que dedica a mim. Gratidão. Amizade maior que fraternidade.

De você, advêm as orientações para a compreensão da densidade do objeto intencional e acertadamente pleonástico, desfazendo as implicações do que eu acreditara vicioso; de sua boca e coração provêm o não negar a si mesmo, a sábia direção para o que até então consistia, para mim, incompreensível emaranhado de imperativos e agravos. Perdido que estava. A asserção última de que atribuir contextos às ações dos outros; a denúncia irrevogável do prejuízo de não vermos os demônios no que se faz, mas na esfera que conduziu ao ato — eis o maior dos esclarecimentos, outra de suas incontáveis dádivas. Entrevi os limites. Entendi a moral e os parâmetros, tão individuais quanto falhos, de braços curtos como os nossos na risível tentativa de envolver o universo. Clavículas, omoplatas e escápulas em harmonia para o abraço — jamais para sustentar o peso de todo um mundo. Atlas liberto, grilhões que sua amizade me impingiu a quebrar. O mar da existência perturbado, e seu nome é o único a vir a minha mente. Norte singular. Numeradores aumentam, ultrapassando a proporção dos três quartos.

Muito já pedi para muitos e a muitas instâncias; em um devaneio, minhas interpretações desvelam caminhos curtos e de fácil acesso e percurso. Irreais. Tais idealizações, conscientes ou não — impossível, em dado momento, distinguir! — dão-me, se não total, seguro comando de minha trajetória. Controle. Eu perderia você nesse caso? Relegaria-o à instância outra que não a primeira? E quanto às suas próprias sendas? Fossem elas planas, daríamos os passos rumo ao ofício de confessores mútuos? As impressões iniciais traídas, o retorno menor que o duro investimento, o âmago frustrado e o choro que retorna ao anoitecer... as dificuldades não só me trouxeram (ou levaram até) você; elas permitem reviver a cíclica aproximação, epifania de que nada nos foi subtraído. De tudo o que posso pensar, na atabalhoada tentativa de pôr em linhas uma resposta, despontam sua sabedoria e voz serena: as coisas são o que são. E negar a si mesmo é extrapolar a mais insondável expansão de qualquer fronteira. "Só quem pode tomar essa decisão somos nós mesmos". O que eu teria feito sem essas palavras?

Havendo segredo, esse certamente repousa no débito — "no fato de não existir um". Nada que nos faz mais de nós mesmos, por definição, pode nos tirar ínfima parte que seja. A verdade das múltiplas limitações que carregamos e das injunções sociais que nos tipificam vêm ter saldo positivo ao sinal da interação vindoura: nada devemos um ao outro, e eis tudo. Manancial. Movidos tão somente pela sinceridade e pela ânsia de que nos alegremos com a felicidade do outro; de que nossas lágrimas sejam, mais uma vez, capazes de tornar menos cáusticas às do que nos fala. Exemplares acabados da compensação para as imperfeitas relações humanas, recompensa dada pelo maior para o que, de alguma forma, nos foi insuficiente. Mentiroso. Inconcluso. As reviravoltas a dar o tom da vida, o que temos à mercê das ondas do amanhã. Tudo? Não. Nunca o amigo.

Da parca verdade nos dada a saber, uma única a gritar (e perdurar, imutável): a do que sinto por você. E daquilo que sei nutrir por mim. Um aforismo, a essa altura, poderia compilar tudo aquilo que a voz já desistiu de proferir. É inexequível, para mim ao menos, organizar o que os percalços dos quais participamos, nas vidas um do outro, trouxeram, caoticamente, para o presente e para o coração. E que nesse habita. Temos o caos e o forjado irmão — e sabemos que quando a frustração riscar o limiar entre o que intentamos e o que a realidade assentiu, a outra variável estará lá também. Eis tudo. Eis o que concomitantemente somos e não somos. Eis o que a adição de nós dois faz com as bordas do conjunto, e o que nossas interações fazem com a soma. E o que não consigo dizer, em poucas ou excessivas palavras.

    Amo você (tenho certeza disso).

CIRCULAR

O avô o chamava, sorridente e tanto aflito, com a discrição possível (mas insuficiente), certeza de segredo e apreensão disfarçada, nunca confiando plenamente na cuidadosa preparação que empreendera para a grande cena: deixava esposa e filha caminharem à frente, distraírem-se com qualquer plantinha que procurava obstinadamente pela vida nos rejuntes, ou com nova mancha no piso, e, então, entrava triunfalmente. Na rubrica, alguma coisa do tipo, "A... entra, pouco curvado, saltitando baixo e de modo canhestro, e, com a mão em concha em torno dos lábios, fala o nome do neto, crendo estar sussurrando". Os caramelos, balas e doces de leite que tirava do bolso e entregava para o menino, então, tinham sabor não só envelhecido — "quanto tempo será que estiveram repousando na bagunçada primeira gaveta da cômoda, 'não mexe, essa é a gaveta do vovô'?" —, mas, sobretudo, de cumplicidade: o sorriso do garoto, cada vez mais alto e falando mais grosso, o cafuné bruto e aprovador do velho, vencedor de mais uma das muitas batalhas que travou em sua longa vida, e a acalentadora firmeza de que, na próxima visita, os afetuosos atores repetirão o ato, sublinhando mais uma vez os há muito escritos momentos de felicidade. A mãe e a avó? Atrizes das mais competentes, sabendo de cor e precisamente os momentos de apressar o passo, simular desatenção e até mesmo reprimir — dando tempo bastante para as guloseimas terem sido devidamente engolidas — os homens que atam nós nas pontas opostas da vida: "Você e seu avô não têm jeito mesmo...". A peça poderia ter por título "Repetidas alegrias: felicidade". E o tácito compromisso selado garantiria sua reapresentação, não infinitas, mas incontáveis vezes. O ensaio é a própria peça. É fácil ser feliz...

 O tio, se não gostava, ao menos disfarçava muito bem a provável impaciência e cumpria com indiscutível determinação o autoimpingido propósito: agachado ao lado do berço, mecânica e incansavelmente esticava o pescoço, mãos tapando os olhos e se afastando lenta e lateralmente, sorriso e fala entre dentes, "assô...", antes da cosquinha na barriga, a descida rápida sobre os joelhos flexionados, e a risada consigo mesmo antecedendo a retomada do processo. Do início. Em mais uma das inúmeras vezes. Ritual. Enquanto o nenê não parasse de sorrir e esticar bracinhos e perninhas, a alforria não seria concedida ao irmão do pai; até lá, o júbilo seguiria trafegando no caminho de mão-dupla entre eles... Um achado: não só na recorrência habita o gozo, mas, principalmente, no compartilhamento. Um fazendo o outro feliz. Os incautos de tal constatação vociferam "deve estar bêbado", "não tem nada melhor para fazer" ou "o tio T...

é esquisito mesmo". E a peça do quebra-cabeça vai repousar na gaveta quase nunca verificada...

Segundas-feiras, terças... até sextas e domingos; mamães-da-rua; meses; anos, letivos ou não; verões; Natais, do sentar-se no colo até o vestir a fantasia do Papai Noel; primeiro e segundo tempos; procurar os ovos, um dia escondê-los e, finalmente, recebê-los, deitado na cama da qual pouco se levanta. Horas. Noites. Semanas. Viagens e férias. Rotina. Reafirmação. Vida.

A existência não é concebível sem movimentos circulares. Sem os ciclos que nos garantem as alegrias que, paradoxalmente, são as mesmas e outras. O retorno. Eterno. Urdido para que se possa suportar, prosseguir, sorrir e, mais importante de tudo, desfrutar. Compartilhando. Lógicas apreendidas muito antes das palavras ou gestos — e talvez esquecidas quando esses sobrepõem os termos os quais deveriam nomear.

Um dia, uma escolha, com ínfima ou inexistente margem para erros. Caminhada, passos contínuos, ritmados e firmes, trajetória ascendente. Sucesso. A volta ao começo constitui a velada confissão do revés. Sempre em frente — o indivíduo e seu mínimo entorno — um passo adiante (rumo à destruição).

Por isso não montamos o quebra-cabeça. Suas peças jazem esquecidas na gaveta em que não fuçamos. Quantos cabinhos esquisitos, folhinhas secas, botões, moedas, lembranças e peças são negligenciados, escondidos de nós por nós mesmos, algozes inveterados e contumazes, de revelação progressiva? O avô já se cansou da estrada, da infindável jornada para frente, e, por isso, encontra-se constantemente pronto e ávido para dar seta ao menor sinal de trilha alternativa. Abre a gaveta e compartilha. Sabe que o final da vida é similar ao começo, dado que aprendeu a verdade cíclica do ser feliz: atam-se as pontas, inicia-se nova volta e conta-se para outrem — se esses outros dessem atenção, poderia a trajetória ser menos condenatória e incisiva: o recomeço é uma janela que se abre para a felicidade; expansão e retração são duas faces da mesma moeda. O mito da estátua de sal e a verdade do "assô...": palavras sobrepondo os termos os quais deveriam nomear. Crença e escolha, com ínfima ou inexistente margem para erros. Céu e inferno. Tudo depende do prosseguir...

Alforria após incontável repetição; sorrisos que se amontoam no itinerário cíclico da verdadeira bem-aventurança. Quando for avô, pretende distribuir caramelos, e, até lá, compartilhar todas as peças de quebra-cabeças que encontrar. Mistério progressivo e felicidade cíclica. Certezas são impossíveis. A busca é tudo o que temos. É fácil ser feliz...

IRMÃO

Do lado de cá da tela, só o próprio reflexo alude ao que é palpável; ao fim do cursor ou na ponta dos dedos, a inconcebível mensagem e seu assunto inexistente. Movimento retroativo de caracteres, pilhas de folhas que então jazeriam amassadas no carpete. Duas vezes por ano, o diálogo virtual que insiste não progredir, vazio tal como os rituais hodiernos: duas ou três proposições alinhadas à esquerda, quatro ou cinco interações à direita e a promessa bilateral que em tempo algum é cumprida. Não se mente para o outro, mas para si mesmo; vislumbra-se, talsamente, o dia em que tudo será diferente. Rotinas e distanciamento geográfico, seguras escusas de que em nada erramos. Memórias não só de tempos outros. Algo há muito quebrado, um item que indubitavelmente não se pode consertar. A vontade de agir fora das balizas impostas pelas costumeiras celebrações, de ser tão trivial e íntimo como se pode até mesmo com o colega de trabalho. Camadas de tempo a sufocar os ensejos. Direito à cumplicidade para sempre perdido. Pureza e firmeza dos laços atados com sangue agora dissolvidos por sabe-se lá o quê.

    Sangue. Rubro pigmento a fazer válidas as alianças; irrefutável evidência de um compromisso selado. Fundamento basilar dos méritos e conquistas. Viscoso líquido que é defesa de vida e prova cabal de honra, anunciador de que o desenlace enfim pontuou a longa batalha. O que se lava com o sumo carmesim trespassa o limiar da grandiosidade, enceta fortificado elo entre vida e história. Tintura a reluzir as ocasiões em que se derramou. Rubro pigmento que estabelece os vínculos mais fortes de que se tem ciência, que tem guarida nas narrativas sagradas e míticas, que asperge a vida que adentrou o eterno e marcou a posteridade. Com ele e por ele pagamos com própria vida. Não é fácil pelo sangue passarmos incólumes; tampouco ele corre, lava ou verte despercebidamente.

    Do lado de cá da mitologia, relações consanguíneas pouco ou nada valem: malgrado permeiem livros sagrados e tradições, não conseguem contar com intervalos temporais ou razões para merecer lugar nos alucinantes cotidianos de seres orgulhosos da sua tamanha ocupação. As agendas a gritar pelo hoje e controlar o amanhã não podem ter suas páginas viradas em movimento contrário — as lembranças não nos definem, o tempo urge e a glória está no seguir sempre em frente. Não perguntem jamais o preço! Os elos não unem, geram-se ao acaso com o intuito de serem quebrados. Expectativas e projetos são os únicos autores do livro de nossas vidas: sermos o que nos fazem as nossas obrigações. Muitas vezes, competição; comparação é também frequente, tons evidenciando marcado contraste. Animosidade. Se nada há de natural e justificável no amor, refutar-se-ão todos os sentimentos pretensamente axiomáticos. Categorias perfeitamente escandidas, consolo para a parca compreensão e laurel a adornar o anseio por dicotomia: caixas cujas bordas tocam o insondável. Aqui e lá. Caminho sem meio.

Esforço. Em verdade, jamais ter visitado o lado de lá da dedicação. O "poder alcançar a qualquer hora" e o improvável "não acessar nunca" em que resulta. O limiar das atividades programadas e o outro não fazer parte delas — contemplar uma existência acostumada a não ter par. Convicção forjada por falsidades e invencionices, quimérica autossuficiência: basta subtrair um para de dois ter o mesmo um. Afeição a conceber arrependimento, fraqueza impelindo à ação em tempo algum. Tristeza e condição imutável de uma ligação que não se sabe refazer. Fervoroso esmero na captura e administração dos resultados que se podem contabilizar. No futuro, ao menos um par de outros vínculos romperá, levando-nos à intensa e momentânea comunicação. Frações devem dar fim a ela. Uma briga talvez. Desentendimento muito mais que circunstancial, quiçá. Razões não para reconstruir, mas para lamentação ainda maior a corroborar o pensar. Soma zero. Eis tudo.

Eu gostaria que, desde há muito, tivesse sido diferente. Amo você.

ONTEM

Trinta e seis. Provavelmente. À direita. Sim. Não. Sei que deveria, mas nunca pensei nisso. Vamos tentar. Será ótimo para o que precisa. Eis o nosso objetivo. Talvez. Amanhã. Não sei. Nada.

[...]

Tentativas podem ser elevadas à incontável potência; ainda assim, não será possível dar respostas a perguntas que não foram feitas. Traço manifesto da contemporaneidade: resoluções a preencher horizonte cujas dúvidas não evoluíram ao ponto de se tornarem perguntas minimamente formuladas. Padrões forjados por sem-número de gerações ávidas por sentarem-se nos ombros dos gigantes de quem descenderam, empreendendo, a partir da corajosa fusão entre cautela e audácia, o amálgama que nos constitui e compele a girar as rodas da evolução, mecanismo paradoxalmente confuso e autoexplicativo. Caracteres hodiernos traçando o perfil de inflamado retrocesso. Certezas inundam a sala de espera. Costas se voltam para o bom senso, frontes curvam-se obedientes frente ao oráculo. O todo no uno, a covardia e o turbilhão de convicções efêmeras. A existência, do ponto de vista individual, a esfarelar; a espécie, imbatível, no topo cada vez mais alto da pirâmide. A esperança acaba junto com a energia elétrica. O preço é só mais uma das questões não elaboradas.

Um íntimo alguém a me convidar para rota análise: o que eu era e o que eu sou. Pretensa elevação dá sentido ao longo intervalo entre os polos, léxico neófito estacado nas linhas acusatórias da falsa parceria: vários são os bons, mas muitos mais e ainda mais espertos são os maus, finas pele e voz a interpretar nobres sentimentos, dissimulando a verdade de carne podre e corrompida. Axioma irrefutável, apreensível que é pelos cinco sentidos. Chamamento respondido positivamente, muito mais que a razão a debruçar-se sobre os diversos anos de mútua convivência. Idem. O que era? O que sou? Mesmo e mais do mesmo. Boa pergunta; sem fundamento, contudo, ao pretender incorporar o viés acusatório no qual sua gênese tanto se esmerou. A razão disso tudo a residir provavelmente na competição, nupérrima terminologia para as associações. O motivo a figurar no rol dos questionamentos não delineados.

Ontem, agia, sonhava e conjugava agir e sonhar nos muitos pensamentos. Hoje... faço, divago e busco a conciliação entre eles nos inúmeros arrazoares e ponderações do dia após dia. Os objetos (diretos e indiretos) são outros; as fórmulas, contudo, não foram premiadas com qualquer variável que nelas já não estivesse inscrita. Vícios fizeram e ainda fazem parte — escapes necessários e outros. Adjuntos. Desiguais, mas as mesmas fugas acessórias que modificam o teor das orações. Essência. O que foge às tomadas e às prontas respostas, o que não se expõe nos perfis sorridentes. O que não pode ser subtraído, enxertado ou descartado. O que convoca o oxímoro nos ultrapassa, de alguma inexplicável forma cabendo em cada um de nós. Pretender ocultá-la, negá-la, adaptá-la ou movê-la demanda inextricável repositório de indagações — interrogativas essas que não somos aptos a desenvolver.

    Outro se quer próximo, esforçando-se para mascarar a antinaturalidade imbricada à pretensão de ser um irmão — mais velho e, por conseguinte, experiente e protetor. Firmeza nas asserções e na interpretação da parábola que sabe de cor. Eloquência. Trigo que sou, cresço e floresço em meio ao joio. Trigo? Substância. A historieta não alude à transformação do falso em verdadeiro. Do excluído em participante. Resistir ao erro e eis que o salão já está repleto. Joio assim permanece, os dados rolam e a sorte sorri para o trigo. Se fosse eu o autor, certamente estaria perfilado com os que fazem a raposa lembrar-se das madeixas do príncipe! O íntimo alguém não se conforma e quer mais, canhestra dialética sem flancos ou retaguarda. Recorre às proibições ao que se entende ligado por sangue. Vociferações. Uma falsa metáfora forjada por mim, inautêntica origem, enganadora progressão, perversa moral. Questionamento direto, bem estruturado e posto sem rodeios — assunto incompatível. O imutável a ultrapassar os frágeis limites da reviravolta: o âmbito da aceitação e conformidade a inscrever as inquirições nas tábuas do que não se profere.

    Carregados por gigantes e oferecendo estatura e envergadura diminutas — gerações amontoadas em empoeirado canto dos testamentos. Fé no que vem pronto e repousa no polo correto da dicotomia — convicções que se afirmam sem ciência ou resistência ao vento. Respostas que proliferam com a mesma velocidade com que corremos de encontro ao lugar algum. Dezenove. Muitos. Sim, sempre foi assim. À esquerda.

Errado. Não. Sim. Já tentamos. Pode ser. Ontem. Tudo.
[...]
Réplicas anseiam por indagações jamais propostas; o que éramos, contíguo ao que somos; fina pele a cobrir a imundícia. Não se fazem mais gigantes. Onde estão e por que são mais dois dos questionamentos que não ocorreram.

ÉGIDE

     A chuva repentina e a impotência. Patente. Escancarada. Tão risíveis como outrora jactantes, em busca de providencial abrigo e mínimas condições para o esboço de qualquer reação. Protestos e obrigatórias novas conjecturas, olhar para si e não para o céu fechado. Não poder entregar no prazo estabelecido, iminente perda do que se acreditara controle. Ilusão. Pingos mais grossos e a imprescindível, entretanto costumeira e enfaticamente ignorada admoestação: o poder, artificial que é, sucumbe ao menor sinal de força. Do indiscutível domínio da soberana e implacável natureza. Enfim, todas as coisas em seus devidos lugares, as medidas certas para tudo: não somos o que imagináramos, tampouco temos os demais componentes da criação a nossos pés. Fábulas e parábolas, enganado e orgulhoso protagonismo e factual anti-heroísmo. Expectativas sobrepondo toda e qualquer possibilidade de realização. Arrogância a escoar juntamente às águas da agora tempestade.

Incapazes de tecer um princípio de argumentação em sua defesa; fracos em demasia para a leitura da inegável inferioridade. Olhar para o lado e encontrar razões para a falsa exaltação, andar às cegas rumo à firme demanda de ajuntar provas para o que não é ou foi em tempo algum. No semelhante (?), os pré-requisitos para a silenciosa demonstração das ainda mais inautênticas virtudes. Mentiras — grande ajuntamento delas. Falas em voz alta apenas quando na segura distância de muitos minutos do ocorrido. Entre dentes, a altivez forçada pelas sendas que trilhou; sucesso evidente frente aos outros que se abrigam sob o mesmo toldo. Aparência, famílias, casas e carros certamente piores do que os seus. Serenidade restaurada: o rei lança mão das vestes; o poder retorna a seu devido lugar — inusitado consolo representado pela impressão de controle. Supremacia. Invariavelmente derrotados pela natureza e seu indelével quinhão de autenticidade, pondo agora os pés sobre a cabeça dos que faz questão de permanecer desconhecendo: homens e seu domínio sobre homens. Erro. Inverdades e acuidade que falta aos julgamentos. Empatia e deferência não figurando nas prescritas relações.

Há os que riem; os que parecem despreocupados também. Os impacientes por costume e os que inadvertidamente divagam, aproveitando a pausa momentânea. Os que admiram o fenômeno e os que se põem a pensar em sua condição. Poucos. Por último, os que acreditam na socialização e nela investem. Tudo efêmero. A chuva há de passar, e poucos dias darão cabo a seus vestígios. Os que dividiram o abrigo se esquecerão dos princípios da narrativa e do parágrafo em questão, pisando novamente na rocha da superioridade que creem tão firme. Não obstante, muitas são as águas e, assim, infindáveis as verdades que abarcam. Incompletos e incapazes; sobretudo, menores e, logo, sujeitos. A verdade esfumaçada da cortina e da peneira que pretende ser filtro para os raios de sol — saber-se, de alguma forma, sem qualquer razão, e não cientes de por quem, privilegiados. Responsabilidades limitadas tal qual o alcance das triviais e possíveis atitudes. Estender os braços sem poder explicar por e para quê — para ver se a chuva parou?

    O fato das intempéries e da ordem que prevalece, os incontáveis pedidos e as poucas opções: muitos que foram concedidos, outros tantos que não. Montantes em obstinada e ferrenha disputa: o que se alcançou e o que se esqueceu, ambos com o indelével traço de já terem sido os primeiros na ordem de algum dia. E nada mais. Sob o toldo das divindades, da esperança no além, em busca de amparo para a própria insignificância e dando em troca a certeza de esbanjar atributos que, a valer, nem ao menos temos. Excelentes e nefastas pessoas sob a mesma construção; fora dela, atingidos pela chuva e com o mesmo ímpeto por abrigo, outros tantos bons e maus a empilhar, igualmente, coisas que obtiveram e que lhes foram negadas. Os mesmos. E diversos. Certos de um controle que não têm, negando o plácido declínio das existências. Sorrateiros, porém firmes passos em direção a um lugar muito pior. Temporais — água do céu e convicções que assustadoramente se irrompem e fazem precipitar. As mentiras ao alcance das mãos. O toldo que não pode servir de égide para todos. As frágeis estruturas a ruir. Na agora ensopada página dos devaneios, o lugar em que estava. As realizações de que se imaginara capaz. O deus que poderia lhe conceder (ter-lhe dado ou agora transformar) um bom caráter. Ser bom — e primoroso e essencial — como a chuva que cai. Eis tudo.

Obliterando o inescapável real com os muitos escudos do pensamento que vaga por onde não há condescendência ou lógica. A natureza e o canhestro intento por um poder que aos homens não é dado ter — embebem-se, contudo, estando ébrios com as idealizações do que poderia ter sido. Castelos de areia. Sob a improvisada e insuficiente guarida que não nos protege da chuva ou do mal. De nossos próprios pensamentos. Buscar ser bom diametralmente oposto a empreender ser melhor. Entender que ao lado não há competidores, e sim perdidos que se acharam no mesmo lugar. Em igual ponto da existência, semelhante altura da jornada. E, então, arquitetar para que a chuva siga caindo; que suas muitas águas carreguem os equívocos de nosso arrazoar. E que o pensar em nossa própria condição nos encaminhe para a sociabilização. Assim como é para poucos. Não como as águas da chuva — como a proteção almejada.

SOMBRAS

    Não inclinado a reflexões, dado que "forçosas, sem serventia ou até mesmo perigosas", sempre as tivera por obra de corpos que servem meramente de apoio à cabeça; assim dizendo, circunscritas aos que gostam de muito divagar e pouco — ou nada fazer. Orgulhoso amante da lógica (e inconfesso das máximas), devoto de um suntuoso e nada efêmero binarismo, fora ensinado que cada dia carrega seu próprio (e pesado) fardo. Não engendrava ações — limitava-se a reações ao que a realidade ofertava ou impingia — devolutivas que, analisadas em perspectiva, deslindam estar sob os guarda-chuvas "dar a outra face" ou "olho por olho, dente por dente", tão artificiais quanto sonoros — poderosas escolhas lexicais. E só. Não atentava para o indelével trabalhar do tempo, para o discreto e contínuo talhar na pedra nos moldando, às vezes, com o gabarito de nossa própria antítese. Não só as coisas ou as demais pessoas emolduráveis em categorias bem definidas — ele próprio, igualmente. Jamais achara a coerência dádiva, acaso ou prêmio; cria-a obrigação.

Verdades absolutas como padrões para ocasionais e infundados falseamentos — sim, sim, todas as variáveis abarcadas por um mesmo conjunto e eis tudo. Amalgamar traços que fogem ao escopo do rol gravado nas tábuas não constituía, para ele, ler linhas e entrelinhas de bilhões de vidas, mas afrontar o ápice do que fé e abnegação prometem entregar. Dialética espiritual: já se sabe o resultado; não chegar a ele é problema da falta de qualidade de alguma variável. "Troque-a". Elevar-se é negar o presente de si mesmo; a vergonha do que fora, potente motor das releituras, varrida para debaixo do tapete. Caminho para tornar-se elemento melhor do que a espécie, a habitar plano separado de todo o restante. Eis quando um breve exame das prioridades o projeta para fora da redoma: o que tanto almejava no último mês já não tem a menor importância; a fala que uma vez tanto lhe causou impacto revelando-se nada mais que discurso roto, difuso, inaplicável e inconcluso. Duas ou mais fontes de luz a refletir as novas percepções, o tapete já longe do solo e a refração distorcida. Espectros amorfos tão simplesmente ignorados, empoeirados livros físicos repletos de asserções metafísicas não compreendidas fora do alcance do bel-prazer de seu porta-voz. Explicações contidas na coisa não a podem encerrar; autossuficiência a nada justificar; vazio que pode tudo preencher. Estaria começando a duvidar?

Perfeitamente escandidas e explicadas, as ações que lhe cabem. Os axiomas que têm a si mesmos por resistentes à toda mudança de condição temporal, externa, intra ou interpessoal. Não poder achar-se qualquer coisa que não humano, mais um exemplar de espécie tão congruente por biologia e diversa por psicologia — aqui embaixo são instintos e almas a nos aproximar e afastar simultaneamente. Um único objetivo para todos? Uma única recompensa, um único propósito, uma única razão, uma única verdade a pretenderem-se suficientes? Riria, caso as lágrimas não rolassem queimando até mesmo seus lábios, que soluçam. Agora, de fato, vê: limitar as conexões é dar passos largos em direção ao fracasso; imitar as divindades é ir, rápida e diretamente, de encontro aos mais famélicos demônios. Limiares que existem no plural — metamorfose que anda, mas que talvez não possa correr; tentará, contudo e com certeza. Aprender a vida na prática. Ação e reflexão em lado único da moeda. Inclinar-se a refletir enquanto age, não só arbitrando, como criando. Sempre.

Sabe então argumentar que não se perde tempo com a aceitação; contrariamente, ganham-se autenticidade e anseio por emancipação. Compreende que tudo e nada são os mais paradoxais dos sinônimos a descrever exatamente o mesmo conceito: se a verdade arrola a si mesma servir para todos, ela não serve para ninguém. Palíndromo. Olhar em retrospecto e perceber que em tempo algum enxergou o próprio nariz — presente e futuro são os outros versos dessa mesma balada. Epopeias e rapsódias nas páginas em que as traças se banqueteiam. Ouve as cornetas e tambores, triunfal entrada das conjunções adversativas: o que seria a coerência se não a arte dos que, ao primeiro olhar, encontram ínfima agulha no vasto palheiro? Raciocinar, criar hipóteses e, do malogro dessas dar gênese a inesperadas novas verdades. Vão-se os dias e as concepções, os anéis e as convicções — restam os trêmulos dedos folheando as emboloradas páginas a esfarelar. Pensar e existir, a linha do tempo da história, e as diferentes sortes de sapiens. Se arriscasse uma conclusão, essa certamente dissertaria em torno de o incompreensível ser ou insondável ou inalcançável ou inabarcável. Tão certo como que não raciocinava assim é que não mais arrazoa com bases que não essas. Liberdade — ou ao menos uma prisão com pátio mais espaçoso...

Disso tudo vêm as analogias simples e funcionais, misto da bruta arte do viver e da mais delicada arte do pensar. Sabe-se a versão atualizada de uma série de outras leituras de si mesmo; não sabe o propósito e nem mesmo se o conceito persiste; contudo, assiste ao filme e aproveita cada minuto sem se preocupar com o haver ou não continuação. Fecha os olhos ao rir — momento em que o campo de visão é muito mais vasto! Se na metafísica nada o deslumbra, na escolha repousa o maior de seus encantamentos: há algo mágico na infinidade de dúvidas e opções virarem fumaça diante da eleição de caminho e foco. Linda verdade só posta em cativeiro pelos anagramas; corpo e cabeça que podem ambos agir nos termos sobre os quais debruçam. Debocha então da coerência, e admite estar em seu antônimo a única explicação para a onipotência. Nada sob o tapete, e a infatigável busca pelas mais paradoxais reações, afinal, o motor precisa ser posto a girar outra vez. E outra, e outra, e outra...

FILHOS

Um desinformado assevera que precisam mais de mim do que eu de vocês. Que é a minha provisão que lhes garante sobrevida. Desavisado. Desqualificado! Não percebe que arrola paradigma absolutamente deslocado, irresponsável para qualificar relação fundada nas mais inomináveis abstrações. Não se dá conta de que o ar de outrora é agora, para mim, irrespirável — pulmões que anelam pelas moléculas de amor puro que transmudam o oxigênio desde que cada um de vocês adentrou essa atmosfera. Não sabe que, mais de uma vez, me escondi no silêncio, querendo que buscassem meios para vir ao meu encontro — e que caí no sono com a quietude imperturbada e com a dor. Como posso transpor a barreira do esquecimento? Ser mais do que um fantasma certo a dar passos largos rumo à sombra diminuta e progressivamente minguante? Adentrar o âmbito da consonância? Estar marcado em campo que não o das mágoas? Não constituir exemplo de tudo o que não se deve ser? Como?

A evolução que hoje posso ver foi significativa; na mesma proporção, todavia, sei que não foi plena. A imensa seara de ternura não foi capaz de adentrar a comunicação; as balizas que tão bem aprendi a refutar com o passar dos anos foram as que compreenderam meus anseios e ações por muito mais tempo do que deveriam. O cuidado e a eclipsante negação; sua pequenez tida por miniatura. Ninguém me ajudou a decorar as falas, agendou os ensaios ou explicou o espaço que o novo personagem (coadjuvante) ocuparia. Ator sem talento, referencial ou noção, cego sob os holofotes a pôr em evidência o centro do palco, lugar onde não poderia estar. Pode-se posteriormente refazer; nunca, entretanto, esquecer. Ter a vivência por experiência, primeiro de uma série de substanciais erros lexicais. E práticos. A realidade provando que as idealizações não ganham nova terminologia sem ter suas formas maculadas. O erro constante e as lições que jamais decorei, incompetente, portanto, para ministrar. O coletivo da segunda fase das abstrações que rege meus dias, pauta talvez do que poderia lhes transmitir? Volta atrás que não passa de conjectura. Mais uma das dolorosas impossibilidades.

Quando da contemplação das faces em que muitos enxergam meus próprios traços, o choro. Pranto que não alude à tristeza ou efusiva alegria, mas à bondade. Ou à pureza. Virtudes as quais não posso dizer em que ponto do tempo ou espaço eu perdi, mas que posso responder prontamente onde hoje encontrar; quem pode restitui-las. Os poucos metros de diâmetro de seu mundo, as abreviadas extensões de seus planos ou problemas — tudo isso retornando às frações de humanidade que se desprendem do todo. O artista que há dentro de cada um de vocês cooperando com os ritmos, tons e plasticidade na escala numérica que tracei para dar sentido ao universo. Atributos que a convivência comigo e com meus pares foi amputando, um a um. Réplica. As parcas qualidades, nos insignificantes campos em que pensamos poder atuar. Como não se sentir culpado com a direção dada para tão singulares inteligências? Com o norte das bússolas que eu conhecia, polos inescrupulosos para seu magnetismo diverso? Como fazê-los entender a razão pela qual anelo por pedir-lhes perdão, cegos que são para os ardis do mundo ao qual os trouxe e que lhes quero explicar? Como?

Os olhos não divisam mais do que as intenções; não ultrapassam a fragilidade de seus primeiros dias, únicos nos quais meu socorro se fez necessário. Há muito passados. Os bons sentimentos e seus muitas vezes pérfidos por conseguintes; a realidade na qual, maiores, tornam a quiçá significativa fração de mim ainda menor. Redução contínua e galopante; nevoeiro que falseia o espectro de agora acantonado e silencioso indivíduo. O tempo nunca suficiente para os que amam; em instância alguma célere para os que se entregam; jamais sob o viés similar de olhares divergentes. Se revisitar emoções nos fosse dado, quantas não ganhariam novos nomes? Outras searas, muito mais largas, de ação? Quantos termos não seriam acrescentados ou retirados do espaço entre nós — intervalo também diferente, preenchido com contornos outros? Quantas ações efetivas revestiriam as palavras que as anunciam? De fato, uma imensa gama de chances é vislumbrada da janela do irrealizável; esperança e comiseração em relação desproporcional e predatória. Simbiose na memória e nas intenções; afastada, portanto, em definitivo, da prática.

Amanhã, papéis outros. Para mim, novas falas — minhas antigas, a serem proferidas por seu personagem. Recomeço do ciclo ou da espiral, a agora inegável assombração cede seu parco ângulo para o fantasma em formação. Saibam que viverão tudo — uma única vez! Gostaria de poder tê-los precavido disso; mas, se o fiz, foi durante o longo período em que minhas palavras não mereceram o menor crédito. Se porventura são dignas agora, ou no futuro, não sei. Aliás, de tudo o que penso saber, só há uma certeza: amo vocês!

POTENCIAL

Criação e seu oposto. A portentosa gênese e a mais forte e cruel das destruições. Poder inquestionável, "inigualável": o início de uma nova realidade, os traços marcados das profundas reviravoltas e as novas inscrições. Potencial imensurável, "infinito", aprisionado, contudo, em existência sem propósito e, por conseguinte, desprovida de qualquer sentido. O ratinho busca a liberdade e arranha as laterais do círculo que, por acidente e para seu desespero, é posto a dar mais uma de muitas outras voltas. Vertigem. Altos muros e portões trancados a inúmeras chaves. A égide das réguas de escalas corrompidas a medir toda e qualquer iniciativa. A opressão da imensa redoma e a irrelevância do pequeno roedor. Depressão. Ansiedade.

Desenlace das múltiplas frustrações, prenunciadoras da irrecuperável e absoluta falta de ação. Novo normal. O peso de toda a humanidade sobre os fatigados ombros do indivíduo que não pode sequer carregar a si mesmo.

    O cansativo trabalho amedronta muito menos que o confortável ócio. Aparências e primeiras impressões não transcendem a pujante superficialidade, jamais dão um passo rumo aos ditames do plásmico subjetivo — hábitat de esfaimados demônios. A inclinação natural a engendrar e a cabal inépcia de compreender a decepção advinda do que não se fez. Horas que demoram a passar. Busca constante nos sonhos pelo refrigério que a realidade insiste negar. Em vão — mais amortecimento, somente. O presente século e a lista de procedimentos que ninguém verificou, cuidados jamais tomados. Precaução para com o outro, negativas e redomas que se sobrepõem. Onipresença e suas variantes tangendo o lucro. Compra e venda — não ser palpável facilita a negociação. Doses de drogas diversas e a existência a tornar-se minimamente suportável. O poder inquestionável nem ao menos visita o horizonte: a irrestrita inércia e a não conformidade, em paradigma incongruente a não gerar o menor ímpeto de ação. O comércio e a dinâmica da larga concorrência, satisfação garantida para o desinformado cliente. A lógica do mercado que regula a si mesmo e das vidas que esgarçam. Novo normal. Notaremos um dia o verdadeiro preço, que jamais negociamos?

    O arrimo dos há muito descontentes, a sombra densa a escurecer a vista dos recém-chegados: introduzir-se-á a trapaça, expandir-se-ão as grades da imensa jaula. Nada de novo ou de surpresas. Nem uma nova tonalidade, as mesmas pálidas matizes. O peso de toda a humanidade sobre os fatigados ombros do indivíduo, e a distância para as revoluções a aumentar. Consideravelmente. A primeira mentira contada, o homem que não faz, e a base a tremer.

"1984": os remédios provocam mais dor, avultam os sintomas, e cooperam com a doença. O preço a pagar por um mundo que tem emudecido as mentes; por um universo em que os crimes se arrolam nas paredes da escola. Entre elas. A criação sucumbe diante do silêncio; humanidade castrada da volúpia de arquitetar e as evidências de uma neoespécie sem compaixão ou controle do amor próprio. Exacerbação ou abandono, dicotomias previsíveis no âmbito da prostração substituta da edificação. Ultrapassando as nuvens. Poderíamos fazer milagres; falta-nos força, contudo, para arrumar a própria cama. Depressão. Ansiedade. Mercado e a inevitável soma de excluídos que tende sempre ao crescimento.

O revés amplificado pelas mentiras a gerar ainda mais sofrimento. Reinvenção e enganosas vestes de impossibilidade, estreitamento do léxico e da gama de ações e chances. Delineados para moldar a realidade; do lado de cá, entretanto, do assassínio das grandes virtudes e da pusilânime persuasão de que as coisas são como são. Um medicamento, um deus ou um investimento podem mudar a sorte. Sentar-se e esperar. Deitar-se, e os sonhos que não vêm — não em forma de sonhos, ao menos. Eis o indivíduo: desfecho das múltiplas frustrações, arauto da irrecuperável e absoluta falta de ação. Dores que se multiplicam e horas às quais se somam minutos. Em algum lugar há os que são tidos por excepcionais: o mercado cuida de seus rótulos, do recalque e da enganação. "Não se mexa e não vai doer". Divididos no todo e despedaçados no uno. A portentosa gênese e a mais forte e cruel das destruições relegadas a outras instâncias e seres. Falar em mercado e lembrar-se da indelével escolha, de que é dado ao indivíduo assenhorar-se de si. A criar e a destruir. A olhar para o seu entorno e estar certo de que todo ele é resultado de mentes, em tudo, iguais à sua.

A fuga da redoma e o estabelecimento de nova égide: empreender é imperativo, troca entre as compras e vendas.

O peso de toda a humanidade sobre os ombros do indivíduo, "não mais fatigados". O pequeno roedor e a constituição de um valente gigante, o conjunto a arquitetar criação e destruição. A se mover. Constantemente e sempre. Potencial há muito esquecido e então revigorado. A constituição e o propósito na esfera do fazer; letárgico estado abandonado pelo revirar das muitas camadas encobrindo a verdade. Bulas, indicadores e testamentos para trás, universo e novas réguas pela frente. Atiremo-las o mais alto possível: o paciente cambaleia, mas acorda da anestesia. Sorve o soro dos erros e bebe nas fontes da ação. Ratinho fora do círculo.

RÉQUIEM

Para o sábio, o fim e o valor que ultrapassam o do começo. A análise prudente e a pontuação a não sinalizar término, mas abandono. Os esforços que ultrapassaram os limites da força. A idealização que adentrou o real transmudada, abarcando as dolorosas metamorfoses que as sinapses-casulo não tinham meios de antever. Nada mais a ser revelado — não aqui, não a mim, não agora. Na mesa, as cartas da depreciação e da frustração compõem a trinca com a euforia. As antíteses que percorreram a estrada e seus contornos avultados ao final — ou às vésperas do escape. Daqui para frente, só as memórias, arquitetas hipócritas das reconstruções enganadoras. Momentos que não mais existem; não, ao menos, nessa dimensão — do tato, olfato e paladar. Dentro e fora participam do rol de oposições? Experiências perpétuas trazidas ao âmbito menor da existência — visão, audição e nada além. Uma semirreta temporal, mensurável pelas vírgulas e acentuação gráfica. As questões que foram todas ao encontro de seus pares e a sombra a perder ou ganhar unidades de medida: a cada pequeno passo, um novo mundo e quiçá uma direção.

Olhos fitos nas palavras, visão dupla e entrelinhas preteridas. O campo semântico e o movimento sinônimo ao risco. As prateleiras envergadas com o muito que não se aprendeu. Lembro-me daquele retrato, para o qual olhei por toda a minha infância. Cada detalhe apreendido, revisitado, jamais esquecido. Alvo de múltiplas inferências — eu neles e eles em mim. O museu, a exposição o sem-número de andares e nomes, parcos segundos e nada claro no âmbito das sensações. Caos. A miríade de possibilidades de conexão; informação alguma — o muito produzido e o nada consumido, proporção inversa à do mercado, cômputo tirânico das polissemias violentadas. Empreender é arriscado. Engendrar é incompleto; mais um dia que se desfaz nas fileiras do abandono. Fim?

Ditames e incapacidade da língua. Todos os recursos morfológicos e sintáticos trabalhando em prol de uma impossível tradução. Nomes de cores e sabores e cheiros reféns da incompetência da sinestesia; a semântica das interjeições e a radiografia que pretendem ser do coração. Bolsos para as mãos vazias e sapatos confortáveis para os cansados pés. Os trapos a vestir o fatigado corpo e o encaminhamento final das argumentações. A essa altura, nada mais importa. Listas de nomes e funções, fibras muito mais desgastadas são as de seu par continente de desejos. Pessoas conhecidas por uma única dimensão, profissões a designar seres humanos, indicadores forjados a permitir conclusões erradas e antecipadas acerca de todos e tudo. O fim por abandono em instância infinitamente superior: pressupor qualquer espécie de totalidade causa dor muito mais aguda. Preço a se pagar e penalidades. Nada mais importa.

As memórias aproximam-se das conjecturas; dentre as conjunções, "se" alinha-se aos arrependimentos; "mas", às recordações. Não foi tão grande assim o risco assumido. Não eram tantos assim os problemas vislumbrados. O dilema não passou de um olhar enviesado conjugado a pensamentos desataviados. As opções, que sempre enxerguei escassas e injustas, apresentam-se em desfile lauto e acurado. A verdade que se não falta algo, este é, no mínimo, inapreensível por tudo o que é posto para trabalhar em algum propósito. Propósito. Foi esse a nos trazer até aqui? Ou foi a miríade de coincidências a nos impulsionar irresistivelmente?

Do ponto em que nos encontramos, injunções não têm uso e proposições só cabem em perspectiva. Tudo por minha conta? Algo acima ou abaixo? Algo à frente ou mero soro para o primeiro dos riscos? Se as minhas limitações me levaram ao abandono, certamente não me farão perscrutar. Não aqui. Não agora. O real e o (in)sondável, não vale perguntar. Não a mim.